女王イノエ

齋藤秀樹

文芸社

女王イノエ

目次

天皇家概略系図（38天智天皇―50桓武天皇）

34舒明天皇

38天智天皇

間人皇女（36孝徳后）

40天武天皇

39弘文天皇―葛野王―池辺王―淡海三船

大田皇女（40天武后）・新田部皇女（40天武妃）

41持統天皇（40天武后）・阿閇皇子

建皇子・山辺皇女（大津皇子妃）・阿雅皇女

御名部皇女（高市皇子妃）・飛鳥皇女（忍壁皇子妃）

43元明天皇（草壁皇子妃）・水主皇女

大江皇女（40天武妃）・泉皇女

川島皇子―春日王―安貴王―市原王―五百枝王

五百井女王

施基皇子―49光仁天皇―50桓武天皇

早良親王

能登内親王（市原王妃）

他戸親王

酒人内親王（50桓武妃）

稗田親王

湯原王・海上女王・難波女王・榎井王

十市皇女（39弘文妃）

弓削皇子・磯城皇子・大伯皇女

紀皇女（弓削皇子妃）

田形皇女・但馬皇女

（六人部王妃）（高市皇子妃）

長皇子

智努王（文室浄三）―三緒大原―綿麻呂

大市王（文室大市）―久賀麻呂―文子（52嵯峨天皇妃）

栗栖王・阿刀王・奈良王・川内王

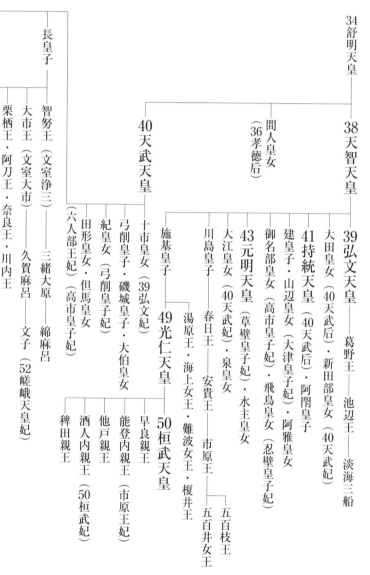

- 長田王・智努女王（長屋王妃）・広瀬女王
- 新田部皇子
  - 道祖王・石田女王・忍坂女王
  - 塩焼王
    - 氷上川継・氷上陽侯
    - 志計志麻呂
- 舎人皇子
  - 47淳仁天皇
  - 御原王
    - 和気王（清原氏）
  - 船王・守部王・飛鳥田内親王
  - 池田王
  - 三島王
- 草壁皇子
  - 42文武天皇
    - 45聖武天皇
      - 井上内親王（49光仁天皇后）
      - 安積親王
      - 不破内親王（塩焼王妃）
      - 基親王
      - 46孝謙・48称徳天皇
    - 広世皇子
    - 広成皇子
  - 44元正天皇
  - 吉備内親王（長屋王妃）
- 大津皇子
  - 粟津王
- 高市皇子
  - 長屋王
    - 膳夫王・教勝・賀茂女王・円方女王
    - 葛木王・紀女王・忍海部女王
    - 鉤取王
    - 山背王
    - 安宿王
      - 高階遠成
    - 桑田王
      - 磯部王
        - 石見王
          - 高階峯緒
    - 黄文王
  - 鈴鹿王
  - 河内女王・山形女王
  - 門部王
    - 岡屋王
      - 高宗女王
- 穂積皇子
  - 上道王・境部王
  - （54仁明天皇妃）
- 忍壁皇子
  - 山前王
  - 小長谷女王
- 泊瀬部皇女（川島皇子妃）・多紀皇女（施基皇子妃）

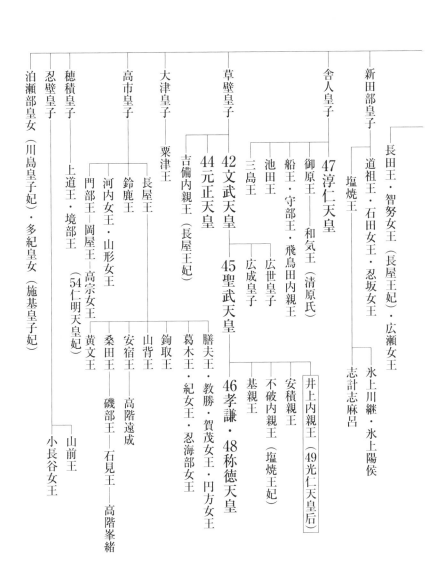

藤原氏（南家・北家・式家・京家）／略系図

藤原氏

鎌足《かまたり》
- 不比等《ふひと》
  - 武智麻呂《むちまろ》→南家
  - 房前《ふささき》→北家
  - 宇合《うまかい》→式家
  - 麻呂《まろ》→京家
  - 宮子《みやこ》（文武夫人、聖武母）
  - 長娥子《ながこ》（長屋王夫人）
  - 光明子《こうみょうし》（聖武皇后、孝謙母）
  - 多比能《たひの》
- 定恵《じょうえ》
- 氷上娘《ひかみのいらつめ》（天武夫人）
- 五百重娘《いおえのいらつめ》（天武夫人）

南家

武智麻呂《むちまろ》
- 豊成《とよなり》
  - 継縄《つぐただ》―乙叡《たかとし》―貞雄《さだお》―保則《やすのり》
  - 乙縄《おとただ》
- 仲麻呂《なかまろ》
  - 訓儒麻呂《くすまろ》
  - 辛加知《しかち》
- 巨勢麻呂《こせまろ》
  - 黒麻呂《くろまろ》
  - 貞嗣《さだつぐ》―（八代略）―実兼《さねかね》―通憲《みちのり》（信西《しんぜい》）
- 乙麻呂《おとまろ》―是公《これきみ》
  - 真友《まとも》
  - 雄友《おとも》
  - 吉子《よしこ》（桓武夫人）

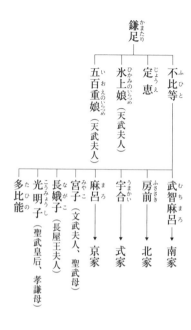

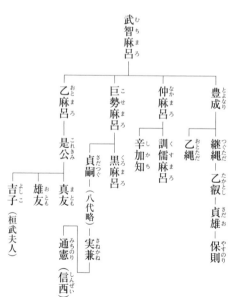

北家

- 房前《ふささき》
  - 鳥養《とりかい》
  - 永手《ながて》
  - 八束《やつか》
  - 清河《きよかわ》
  - 魚名《うおな》
  - 楓麿《かえでまろ》

式家

- 宇合《うまかい》
  - 広嗣《ひろつぐ》
  - 良継《よしつぐ》
    - 乙牟漏《おとむろ》（桓武皇后、平城・嵯峨母）
  - 清成《きよなり》
    - 種継《たねつぐ》
      - 山人《やまひと》
        - 菅雄《すがお》
          - 佐世《すけよ》
      - 仲成《なかなり》
      - 薬子《くすこ》（平城尚侍）
  - 田麻呂《たまろ》
  - 百川《ももかわ》
    - 緒嗣《おつぐ》
    - 旅子《たびこ》（桓武夫人、淳和母）
  - 蔵下麻呂《くらじまろ》
    - 縄主《ただぬし》

京家

- 麻呂《まろ》
  - 浜成《はまなり》
    - 豊彦《とよひこ》
      - 冬緒《ふゆお》
  - 百能《ももよし》

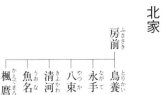

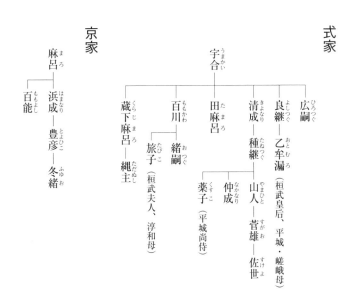

序章

彼は伊勢神宮の参道で土産物屋を営んでいる。名前は、平田清。

若いころは経理事務のサラリーマンをやっていたのだが、父親の引退に伴って店を引き継ぐことになった。そんなわけで、いまだに客の接し方にぎこちないところがある。

東京発の新幹線を名古屋で降り、近鉄に乗り換えると三時間半ほどで伊勢に着く。駅から繁華街を人の流れに沿って十五分程度歩く。

そこで参拝者は、宇治橋の鳥居を抜け、五十鈴川に近づいて、ちょっと立ち寄り、手水をしたり、カメラを構えて、同行者を撮ったりする。その後、玉砂利を踏みしめて、見上げるような大木の間や薄靄《うすもや》の立ち込める深い木立の中を通り、白木の社の前で参拝しながら、やがて本殿に到着する。

ここまで来ると、何か神々しい気持ちが起こり、自然と手を合わせ、帰り道では、それぞれの神殿に深く頭を下げていく。

宇治橋の鳥居を出た人たちは、お腹を満たすか、お土産の品定めをする。彼の店は参道横の「おはらい町」の入り口にあり、店の名は、「憩い屋」。参道を往復した人たちが、ちょっと腰を掛けてもらうために入り口に何個か丸椅子を置いている。そこに座って休んでもらい、お土産を目で追いかけて、物色してもらうのだ。この店では、横丁の案内も兼ねている。

平田は、参拝を終えて気持ちが爽やかになっている人たちに、それとなく声を掛ける。

いつものように、店に立っていると、歳のころ四十代くらいの身なりの小ざっぱりした女性が声を掛けてきた。

「ちょっとお尋ねしますが、伊勢神宮にはどんな方が祀られているのですか」

「まずは、天照大神《あまてらすおおみかみ》ですね」

「ですが、お社はたくさんありますすね」

「そうですね、全部で百二十五社あるといわれていますから……」

「初めて伊勢神宮にやってきました。斎王《さいおう》という皇室ゆかりの人に興味を持っています。伊勢神宮を参拝したら、他に立ち寄るお勧めの場所はどこが良いでしょう」

「そうですね。豊受大神宮《とようけだいじんぐう》といわれている下宮があります。それ以外のお社では、猿田彦神社が近いです。もし斎王に関心をお持ちなら、近鉄伊勢駅から、五つ目に『斎宮』という駅があります。そこは、斎宮跡の発掘作業が現在も行われています。そして、『斎宮歴史博物館』がありますよ」

と、イラストマップを示しながら案内した。

彼女に斎王などについて尋ねられたことから、平田は、以前から気になっている、皇族たちの権力争いに考えを巡らした。

特に気になっているのは、斎王でもあった井上内親王《いのえないしんのう》のことである。

第一章　父　聖武天皇

井上内親王の父、聖武は首皇太子《おびと》と呼ばれていたが、すでに叔母の元正天皇を補佐して、朝議に参加していた。

朝議に参加する公卿たちは「衣服令《えぶくりょう》」によって服装が位階ごとに決められていた。男性は丸首、女性は前をかさねる垂れ首とよばれる形で、色は、親王、内親王及び上位の者は深紫、以下の位の者は浅紫、深緋、浅緋となる。

女性は髪を高く結い上げ、顔には白粉、紅をつけ、眉は墨で描く。唇は紅をひき、唇の外側には紅や藍の点をつけたりした。

男性は短刀を帯にはさみ、手に笏《しゃく》を持ち、頭上には黒絹製の頭巾《ときん》というかぶりものをかぶっていた。

養老五年（七二一年）九月十一日、元正天皇は、内安殿に出御して、多くの公卿が列席している中、詔《みことのり》を発して五歳の井上内親王を斎王として指名した。

元正天皇が退出した後、多くの公卿が残って首皇太子と井上内親王の様子を窺っていたが、何やら二人だけで話を始める様子を察して、その場を離れていった。首皇太子は公卿たちが立ち去った様子を見定めた後、娘の井上内親王の右隣に座って身を乗り出して、話し始めた。

「お前は私の初めての子であるが、先日、海亀の甲羅で神意を伺う卜定《ぼくじょう》によって伊勢斎王と定められてしまった。これから斎王になるため、親兄弟から離され、潔斎《けっさい》の日々を送っていかねばならない。今日はお前にとっても晴れがましい日なのだが、私は嬉しくない。

お前は皇室の代表として、伊勢斎宮の長《おさ》を務めてもらう。伊勢神宮は私たちの祖先である天照大神をはじめとする、神々を祀ってある所だが、私たちはその神々をお守りしていかねばならない。

仏の教えを広めることと、神々への奉仕は、民の幸せと皇室の安寧を目指す、私たちにとって大切な務めである。

私は仏の御心にすがって、民をはじめとする皆の幸せを叶えようと思っている。しかし、仏の恩徳はいまだ行き渡っていない。そこで全国に国分寺と国分尼寺を配置し、民たちが仏教の教えを自分のものとし、幸せを願う皆の祈りを実現しようと考えている。

私は、盧舎那仏像《るしゃなぶつぞう》を建立して皆の気持ちを一つにし、私たちに続く民たちを導いていかねばならないと考えている。しかし、この大仏を建立するには民たちの心は未だまとまっていない。しばし時のいることになろう。

伊勢斎王というのは、日々身を清めて、天照大神をはじめとする神々のお世話をする。先祖を敬い、少しでも近づくことを目指す。しかし、イノエはまだ幼く、独り立ちするには覚えなくてはならないことが多いが、伊勢斎王として、斎宮寮の官人や女官の補佐を受けて務めを果たしていくことになるだろう」

イノエは、幼さの残る顔を傾けて父を見つめた。

これから起こるであろう神事にまつわることは、自分を支えてくれる斎宮の人たちの助けを得て進めていけると思うが、そもそも先祖や神々を日々崇めるとは、どのような行為であったり、どのような心持ちなのだろうか。

多くのことに考えが及ばないが、久しく会っていなかった父である首皇太子が、皇室のことや自分たちの務めを縷々説明してくれたことに感激し、深く頭を垂れた。

第二章　伊勢への道

神亀四年（七二七年）、九月に入り、伊勢への出発の日が近づいてきた。住み慣れた平城京で母、県犬養広刀自《あがたいぬかいのひろとじ》との温かな生活から離れなくてはならない。内裏の中宮院の一角で過ごした、幼かったが懐かしい生活を捨てて、新しい生活を始めようと徐々に気持ちが昂っている。

十一歳となったイノエはまず、出発の朝、潔斎を行って、身を清める。その後、内安殿で聖武天皇となった父に別れの挨拶をする。

挨拶を受けた天皇は、そこで小さな櫛を取り、イノエの豊かな黒髪にそっと挿して「いよいよ伊勢斎王となって、私たちの下《もと》を離れることになってしまうのだ。イノエよ、今度会うこととなるのはいつのことやら、寂しいのう」そう話すと、帳《とばり》の陰でそっと涙を拭った。

最後に父は優しく微笑みながら、

「旅立ちにあたっては、斎王は決して都を振り返ってはならない」

と斎王の務めを果たす覚悟を求める厳しい口調で申し添えた。

斎王が伊勢へ向かう旅は、「群行《ぐんこう》」と呼ばれ、五泊六日を費やす。群行の行列は、天皇の行幸にも使われる「葱華輦《そうかれん》」という十二人で担ぐ大型の輿に斎王が乗り、前後に警備を担当する武官に斎宮寮の官人や命婦《みょうぶ》、女官、その他の人を合わせ三百人ほどの人が付き従う。まさに群れて行く行列だった。

この行列を平城京郊外まで先導するのは、政権の最高権力者である、左大臣の長屋王《ながやおう》であった。大勢の見送りの人の中には、教育係であった二人の乳母や、母親の広刀自の姿も見えた。

輿に乗り込んだイノエは、もともと好奇心が強く、父親に厳しく言われていたにもかかわらず、首を傾け、帳越しに見送る人々に目をやった。

すると、母親の広刀自が、目にいっぱい涙を浮かべ、袖を振っているのが目に入り、急に寂しさが募ってしまった。

行列は、まず、騎馬武官が大勢の見物の人払いを行いながら、先導する。脇には、行列の護衛を務める、武官と衛士が配置されている。輿の後方には、斎宮寮と呼ばれる斎王を中心とした組織のスタッフが続く。輿は十二人の担ぎ手により、粛々と進む。

斎宮寮のスタッフは、斎王寮長官である頭《かみ》以下、十三の司の長や部下と、斎王の私的生活を支える命婦、乳母、女孺《にょじゅ》などの女官で構成されている。

群行は、平城京から相楽《そうらく》、都介《つげ》、阿保《あほ》、川口《かわぐち》、一志《いちし》を経て斎宮に至る五泊六日のルートで、それぞれの場所に頓宮《とんぐう》と呼ばれる、臨時の宿泊施設がある。

平安時代の群行ルートは、もう少し北で、平安京から琵琶湖を左に見て甲賀、垂水を通過し、鈴鹿峠を越える現在の国道一号線に沿って同じく五泊六日をかけて歩いた。

頓宮は、臨時の施設といっても三百人の人々が休憩を取り、一晩を過ごすので、警備を考慮して街道からちょっと外れた場所に、大きな館として造営されている。

一泊目の相楽は、平城京からやや北の玉井頓宮といわれる所であり、現在その跡地に六角井戸と呼ばれる、水場跡がある。

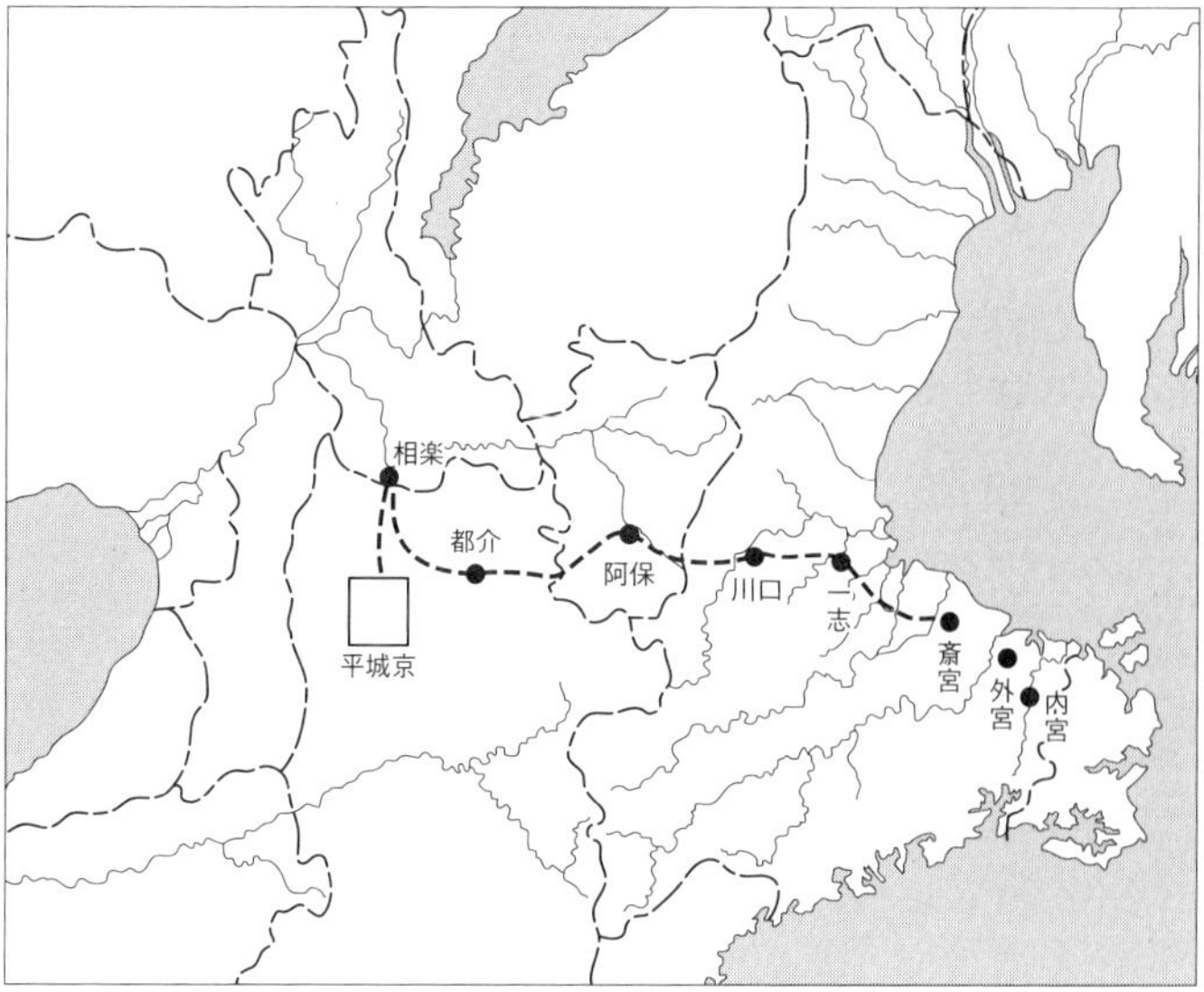

斎王群行路

夕食は、小豆の入ったご飯に、鰹、烏《い》賊《か》の煮物、鰹《かつお》の煎汁《いろり》（鰹出汁）、醤瓜《ひしおうり》（醤油に漬け込んだ瓜）、鯛や鮫の楚割《すわやり》（フリカケのこと）がそれぞれの膳に並んでいる。

茶菓《さか》（デザート）には、揚げ菓子、干し柿などが添えられた。

朝から行列が始まり、イノエにとっては、輿から見える初めての光景や、人々の話し声を聞き入ったりしていたので、多少疲れていたが、出された夕食は残らず食べた。大勢の供も、一日目の行程を無事に済ませたこともあって、勝栗などを肴に濁り酒を飲み始めていた。

二泊目の都介から阿保へ向かう初瀬道は、伊勢に向かう多くの道の中でも往来の多い街道である。頓宮へ入る曲がり角には篝火《かがりび》を絶やさず、街道を歩く人たちに目印を提供している。

阿保頓宮は、街道から少し入った、こんもりとした森の中にあり、現在でも当時の佇まいを彷彿とさせる場所である。

次の川口頓宮までの間には、青山峠があるが、最大の難所である。山道に分け入ると、足元はぬかるんでいて、輿を担ぐ衛士や女官たちの中には何度も足を取られ、倒れて泥だらけになってしまう人も出た。

そのうえ、一行が峠に至る所で最後尾にいた女孺が悲鳴に近い叫び声を上げ、助けを求めた。背後から盗賊が、食料や衣装の入った櫃《ひつ》を奪い取ろうとしたのだ。すぐさま武官が駆けつけ、刀を抜くと盗賊は櫃の一つを抱えて逃げ出した。

しかし、武官はそれ以上追うことはせず、改めて行列を整えて山道を下った。川口頓宮に到着した一行は、峠のぬかるみの汚れを落とし、持ってきた様々な品物を点検した。

翌日、最後の宿泊先である一志頓宮へ向かう。

一志は、現在の松阪市の辺りである。ここから東方は東海、関東を目指す街道があり、平城京を通って関西へ向かうルートであるのはもちろんのこと、琵琶湖東岸を通り、北方へ向かう街道にも繋がっていて、各地から伊勢に至る交通の要衝である。平城京からここまで来ると、都から大分離れていることを実感する。

こんな和歌が詠まれている。平安後期、鳥羽天皇の時代の斎王、婣子《あいこ》内親王に付き従った女官・甲斐が、ここ一志頓宮で詠んだ歌である。

わかれゆく　都のかたの　恋しきにいざむすび見む　忘井《わすれい》の水

斎宮甲斐～『千載和歌集』～

斎王の群行に加わり、都に別れていきますが、都の方が恋しくてなりません。「忘井の水」を飲めばきっと都のことは忘れるかもしれません。

一見、華やかな群行であっても、行列の人たちの胸中は神に仕えることの晴れがましさよりも、住み慣れた都や親しい人との別れの辛さが強かったかもしれない。斎王だけでなく、それに従う女官となれば、その想いは一層募ったことだろう。
現在は一志頓宮を特定できる情報はないようだ。
斎王は、斎宮の神領に入る前に、近くの櫛田川で最後の潔斎を行う。

第三章　斎宮歴史博物館

伊勢神宮の社をお参りした村松かおりは、平田に教えてもらった通りに電車に乗り、斎宮前で降りた。

彼女は、歴史に興味があり、特に天皇家にまつわる様々な人々のドラマには心を動かされる。平田に教えてもらった斎宮歴史博物館には是非とも行ってみようと思っていたのだった。

駅の北側は、広々とした原っぱで、現在も発掘作業が行われている斎宮跡である。今から五十年ほど前、一九七〇年ごろから計画的な発掘が行われ、見学に来た人たちに分かりやすい案内図や、当時建っていた建物の模型とその役割が示されている。

斎宮跡である広場の真ん中を通って西に歩くと、斎宮歴史博物館が見えてきた。入場料を払って、様々なリーフレットを手に取り、まず、映像展示室に入った。ここでは斎王の儀礼と都から伊勢への旅を再現した「斎王群行」、斎宮の発掘成果から、斎宮の様子を再現する「今よみがえる幻の宮」を見ることができた。

展示室には、『源氏物語』や『伊勢物語』などの古典文学に描かれた斎王や王朝文学の世界についても、実物資料と合わせて紹介している。

天皇も使用した大型の輿である「葱華輦」や、原寸大の斎王の居室に、斎王と命婦の衣装を着けたマネキンや調度品を復元している。さらに発掘された木簡や陶器破片、当時使われたであろう道具、衣服、遊具などのレプリカが陳列してある。

また、別の展示室は、斎宮跡の出土遺物を中心に斎王の暮らした内院の発掘現場、奈良時代の塀の再現など臨場感あふれた展示になっている。斎宮寮と呼ばれた斎王以下の人々が住んでいた建物は敷石を置かず、地面に直接柱を打ち込んだ掘立式の建物になっている。

建物は何度も建て替えられているので、明確な役割が与えられた建物全てを特定することはできないが、十七の司に分かれて、それぞれ仕事をしていたので、それぞれの司に属する建物が建っていたことが、発掘によって徐々に明らかにされている。

そのうえ斎宮歴史博物館には、代々の斎王のエピソードを記したパネルや斎王の暮らした時代背景など興味深く記された展示があり、見学に来た人に少しでも斎王の存在を理解してもらおうと配慮がなされていた。

　これらの展示を見た村松かおりは、六百六十年間も続いた斎王制度や、南北七百メートルにわたる斎宮寮で働いていた斎王寮長官以下の男官や斎王の乳母や命婦をはじめとする女官たちの生活や人間ドラマを想像していた。

＊＊＊

　イノエが、これから生活をしていく斎宮は、塀で囲まれた内院を中心に、東側は斎王の周りに仕える「采女司《うねめのつかさ》」、北側には「膳部司《かしわでのつかさ》」「炊部司《かしきのつかさ》」「水司」などの斎王の生活に関係する建物や蔵になっている。

　内院の西側には、儀式を行う建物群がある。さらにその西側には、勅旨をもてなす儀礼用の区画、斎庁の行政区画となっている。その他、召使い役の「舎人司《とねりのつかさ》」、警護役の「門部司《かどべのつかさ》」が配置されている。北側地区は官人や召使い、警護の兵士やその家族が住む区画に当てられている。

建物は、全て平屋で、掘立柱に、壁は板張り、屋根は檜皮葺《ひわだぶ》き、または茅葺《かやぶ》きとなっている。蔵は高床式を採り入れている。総勢七百人ほどの人が暮らす、斎王を中心にした大集落である。

この斎宮でイノエが初めて会った素子という女官は「采女司」に配属されている。イノエと歳も近く、愛嬌のある顔立で物怖じせず話し掛けてくれた。

他に、舎人司に属する嵯峨政頼という武人は武骨ではあるが頼もしく、顔を合わせると親しく付き添ってくれる。

このころの上流階級の女性たちの間で盛んだったのは「組香《くみこう》」（様々な種類の香りを楽しみ、その種類を当てる）や「双六」などであった。イノエにとっても、都でこれらのことは経験済みであった。この斎宮では、場所も相手も変わったこともあるので、とりあえず新しい顔ぶれと、これらの遊びを行ってみた。

イノエの側に使えるのは、命婦の谷島《やしま》である。谷島は都《みやこ》では、幼いころからイノエを、いつともなく見守っており、聖武天皇の第一王女として、皇族としての教養や音楽、和歌などを丁寧に、時には厳しく教えていた。

第四章　祈りへの傾注

「谷島や、私がここで取り組んでいくことで、心掛けることは何か」

谷島も初めて斎宮に来たのだから、自信のないところもあったが、群行の道すがら考えていたことや、すでにこの斎宮で働いていた人たちから聞いたことを基に懸命にお答えした。

「斎王としての第一の務めは、伊勢神宮の祭りに参加することです。斎王の参加する祭りは、九月の神嘗祭《かんなめさい》と、六月、十二月の三節祭《さんせつさい》です。年三回の斎王としての務めは、天皇家の祖先に、敬意を表すことです。

毎日の務めでは、祖先に敬意を表す行為として、ひたすら祈りを行うことになります。この行為は作法に従い行います。毎日清涼な心を保って同じ行為を繰り返し行うことで、ご自身の思うことをひたすら感じ取ることになるのでしょうか」

イノエは、谷島の話を聞いていても、「ひたすら祈ること」「先祖を敬うこと」が、どういうことなのか分からなかった。

九月十四日は、神嘗祭である。イノエが斎王として最初の仕事が行われる。

この時は、前日から伊勢神宮に入り、当日は禊《みそぎ》をした後、斎王が外玉垣御門内の四丈《よじょう》殿《でん》に参入する。大玉串を大物忌に授け、大物忌がさらに内側の瑞垣《みずがき》御門内に、その大玉串を立てる。斎王は四丈殿へ戻り、直接正殿で拝礼しない。次いで様々な儀式を神官たちが行った後、待機していた斎王は退出する。

毎日の務めは決まった所作に従い、繰り返し行う。三ヶ月も過ぎれば、イノエもこの所作を覚えてしまう。

十二月には三節祭が行われたが、イノエの務めはすでに済ませた神嘗祭とほぼ同じで、苦もなく進めることができた。

毎日の祈りの時間以外の自分の時間を過ごす時は、自分の好きなことができる。毎日の祈りや月次祭を繰り返し行っていたが、イノエは命婦である谷島の話にあった「ひたすら祈ること」が、「先祖を敬うこと」より、だんだん身近なものになってきた。イノエは、この伊勢の台地の木々や山々を眺め、自然の営みを肌で感じることで、気持ちの大きな変化を感じていた。

天平三年（七三一年）、イノエが伊勢に来て四年が経った。十五歳になったイノエは、毎日決まった所作で祈りを繰り返し、自分の住んでいる斎宮から神宮に向かう。周りの景色を見て、四季の移り変わりを身近に感じることが、イノエの心に自然に入り込んでいた。木や川、路傍の草花や岩などの自然の美しさや、自分を取り囲むあらゆる生命と物体が、それぞれ持っている力とか、太陽を中心とした四季の変化をイノエ自身が全身で感じ取ることで、自分の中でその自然に入り込んでいく気持ちが少しずつ出来上がってきている。

一人になってみると、周りで支えてくれる多くの人たちの力が、いかに大きいかよく分かる。

神宮で働く人々が樹木に注連縄《しめなわ》を張って敬うのと同じ気持ちで、川の辺りで禊を行うと飾らない素直な気持ちで「カミ」の存在を信ずる気持ちがだんだんと沸き上がってきた。

ある日、イノエが森の中を歩いていると、突然とてもはっきりと大地が声を出して彼女に話し掛けるのを聞いた。それはこう言った。

「ここだ。ここがお前自身の場所だ」と。

一瞬にしてイノエは、それが本当のことだと感じた。イノエはそこに属しており、岩や大木の子どもであり、大地が生んだ一個の果実であることを悟った。

その時、自分自身より大きな存在を、そしてその一部は、ここであることを感じたのだった。そして、自分の中にある何かに影響を与え、自分の気持ちを高め、勇気を増してくれる要素を得ることができたのだった。


「私のまわりはあらゆる動物や植物に平等に降りそそぐ太陽と、山や川、あるいは岩や砂などにかこまれ、その微妙な場の上になりたっているのだ。

もし、これらの自然に意識があり、精神を持っているとすれば、私の記憶や夢はこのまわりにある、あらゆるものをきっかけとして思い起こしてくれるのだ」

「私たちの先祖の生き方や私のまわりの世界がもつ力と神聖さに対する想いは、その流れにさからうよりむしろ、共に生きることとなっているのだ」

「カミ」は自然のあらゆる所に存在し、私たちをそっと見守ってくれる。

一方で「カミ」はあくまで自分の中にあって、他の人に「カミの存在」を伝えることでもなく、他の人が「カミ」をどう感じるかを知る必要もないのだ。静かに祈りを繰り返すうちに、この大きな存在に身を委ね、心の安定を得ることができることを悟った。

＊　＊　＊

斎宮博物館を退出した村松かおりは、午前中訪ねた伊勢の内宮や、いくつかの社を思い出しながら、薄暗くなった中で玉砂利を踏みしめながら考えを巡らせていた。

「カミ」とは、なんなのだろうか。

以前、『共鳴する神々』という何人かの共著の中で生物学者であるライアル・ワトソンが述べていた次のような一説を思い出した。

「人間は力の強い動物と戦うために武器を発明し、農耕によって食料を生産できるようになった。そして長い年月をかけて獲得した事実は、自然に伝達されたのではなく、次世代へ言葉を介在して効率よく受け継がれた。

新しく生まれた赤ちゃんは、情報の受け取り手として、全てを信ずるようにしつけられている。

もちろん、成長するに従って私たちは、情報を取捨選択できるようになるが、幼い子どもは教わった情報を全て信じるようプログラムされている。もし、信じなければ命に関わる事態に遭遇するかもしれないからなのだ。

過去三百万年のあいだ、私たちは他のいかなる動物よりも子どもの時、教わったことを信ずる生き物へと進化したのだ」

生きるための新しい情報を自分のものとするには、繰り返し練習してやっと獲得できる。人間は、どの動物よりも一生の間で長い時間をかけて教育を受け、様々なことを学習してきたのだ。

そして訓練を受け入れ、権威を学ぶようになると、私たちに何を信じるかを教える両親、家族、社会または制度といったものを認めるようになる。

これは全ての子どもにとって、正常な反応であり、ある人が何者になろうとも、より偉大な、より知識の多い人間に対するおそれと愛情が入りまじった子ども時代を過ごしている。

全幅の信頼を寄せることが、安心感を得ることに繋がるのだが、これは人間だけのことではない。犬は飼い主を全面的に信頼し、その指示を忠実に受け取るが、その目はいつもしっかりと飼い主を捉えて待っている。

この教わったことを信ずる子供や飼い主に忠実な犬は、おそれと信頼の入りまじった気持ちを持っている。

神社に参拝した人々は、大木や岩を伴った壮大な社の中にはこの景観を見て「カミ」は存在しているだろうと思うかもしれないが、実は、「カミ」は自分の心の中にあると感じるのかもしれない。

さらにライアル・ワトソンはこうも言っている。

「知識には二つのものがあり、最初の形態は、言葉や記号を使って表現する以前の私たちが行なっていることや感じていることの自覚というものです。これを純粋経験と呼びましょう。

そして二つ目のものは言葉、図式や記号で表現される『知ること』の部類です。これを象徴的知識と呼びましょう。この二つの相違は明瞭で、簡単に理解できます。

山の中を一人だけで散策する時、木や川、花を見て自分の感情を言葉にしないでも、その美しさを鑑賞することができます。これが純粋経験です。その後、家に帰りその日の出来事を他の人に話したり、あるいは友人に手紙を書き、その散策で感じた自分の気持ちを伝えようとします。それが象徴的知識です。

純粋経験がなければ、どのような象徴的知識もあり得ないのです。純粋経験を象徴化しない限り、それについて話すことも書くこともできません。言いかえると純粋経験は主観的であり、自分自身で行なうものです。一方、象徴的知識は客観的であり、他者と共有しうるものです」

科学とか博物学には象徴的知識がかかわり、議論するのも簡単です。しかし宗教とか芸術は本質的には言葉で語られない経験なのです。どんなに高尚な宗教的、美的経験をした人でも、他人にそれを説明したり、描写したりするのが非常に難しいのはそのためです。

例えば絵画の作品を前にして感じられる想いとその作品について記述した解説書の内容が自分の思いと異なることや、音楽を聴いて心の中に浮かぶ高揚感を人に伝えたいが、うまく伝えられない経験をしている。純粋経験を受け入れる心の領域は大きくて広く、象徴的知識で表せるそれはごく小さなものではないか。

この心の領域には無意識あるいは潜在意識と呼ばれる部分があり、そこには自分自身の記憶や感覚が宿るだけでなく、個人的経験以外の情報も宿るということが、精神分析学者であるシグモント・フロイトやグスタフ・ユングが説明していたことを思い出した。人々は、胸騒ぎを覚えることを経験したり、事実なのだと思える夢を見たり、あるいは他の人が目の前で話していることを、言葉つきや仕草から話していることと異なる内容と感じることがある。これはテレパシーといわれるようなものではないか。

大きく視野を広げてみると、人間以外の動物や植物、さらには山や川、大地や海なども心を持ち、何かを感じているいると考えてよいのではないか。

地球が誕生した後の長い時の中で人類の歴史はわずかであり、その中でも言語や記号などを使った象徴的知識の共有の時間はさらに短い。

象徴的知識を共有しようとした時代以前では、すべての動植物、山や海などの周りの環境を含めて通じ合ったのではないか。


神道のしきたりや神社の歴史について書かれた文献は多くあるが、「カミ」の本質や儀式の意味について説明したものがないのは、神道の信仰が、教わるものでなく、自ら把握するものだからなのだ。

「カミ」への信仰は頭から頭へではなく、心から心へ伝えられていくのだ。

キリスト教、イスラム教や仏教のような宗教が、理論的で、象徴的知識を重点に置いているのに対し、神道はほとんど全面的に純粋経験、すなわち言葉によらない知識に基づいている。

私たちは先祖の生き方、自分の周りの世界が持つ力と神聖さに対する自覚をして、その流れに逆らうよりもむしろいかに共に生きるかをゆっくり学んでいくのだ。

もし純粋で直接的な経験をするために、象徴的知識を使うのをやめ、その代わり自分自身の感覚が告げるものに頼るようになれば、その不思議な力と出会い、理解できるかもしれない。

大地や海と密接に結びついている農民や漁師は、潮や風、太陽と月の循環のリズムに敏感にならざるを得ない。ほとんど自然の中に身を置いて周りの環境に注意を払わなければならない。自然をあるがままに受け入れ、要求したり異議を唱えたりはしないのだ。

「カミ」は周囲の全てのもので身近にあり、火、水や木であっても良いのだ。

しかし多くの人にとっては「カミ」に近づくためには目印となるモニュメントが必要であり、私たちは大木や巨岩を傍らに置いた壮大な社の前で厳粛な儀式や伝統的な所作を行なって心の領域で考えを巡らし、言葉にならない、情動や想像の中に身を置くのだ。

村松かおりは、「カミ」についてこんなことを考えながら、その日の宿に着いた。

第五章　万葉の時代の人々の楽しみ

奈良時代は、後世から見れば、万葉の時代である。五、七、五、七、七の形式に基づいた歌を作って、人に伝えることは、皇族、貴族などの上流階級だけでなく、多くの庶民もこぞって歌を創作しあった。

たとえば「歌垣《うたがき》」とか「嬥歌《かがい》」と呼ばれる、多くの人の集まりが各地で頻繁に催されている。

『万葉集』にこんな歌が載せられている。

筑波嶺《つくばね》に登りて嬥歌会をする日に作る歌一首と短歌

鷲《わし》の住む　筑波の山の　裳羽服津《もはきつ》の　その津の上《うえ》に

率《あども》ひて　娘子壮士《おとめおとこ》の　行き集ひ
かがふ嬥歌《かがい》に　人妻に　我《わ》も交らむ　我が妻に
人も言問《ことと》へ　この山を　うしはく神の　昔より　禁《いさ》めぬ行事《わざ》ぞ
今日のみは　めぐしもな見そ　事も咎《とが》むな　（万葉集巻九 - 一七五九）

この歌の解釈としては「人妻に　我も交らむ　我が妻に　人も言問へ」と宣言し、これは、「この山をうしはく（支配する）神」も「昔からお許しになっていることだ」と開き直り、「今日だけは、いとしい妻も私のすることに目をつむってくれ、とがめないでくれ」と願う。

「言問ふ」は、「歌を詠みかける」ことである。魅力的な女性に出会うと、直ちに和歌で詠みかけ、女性もすぐに返歌して、歌で言い負かされると、男性の要求を断れないということになる。男も女も真剣勝負であった。

また「歌垣」という語は、「歌の掛け合い」の意味の「歌掛き」であるとされる。山野や川辺、海辺など、その土地土地の風光明媚な所に人々は集まり、花見をし、飲食、歌の掛け合い、意気投合した男女は木陰に入り、性的解放を行った。

つまり歌垣は掛け合いであり、相手を振り向かせる力が必要であった。これは相聞歌の原初的形態であった。歌垣は、農村にあっては農耕予祝儀礼から始まったが、のちに都市の市場や橋のたもとなどの人の大勢集まる場所で行われ、宮廷ではより洗練されたものとなっていった。

『万葉集』だけでなく、『風土記』や『続日本紀《しょくにほんぎ》』にも歌垣で詠まれた歌が残されている。『常陸国風土記』には、「筑波の山での歌垣で、男から求婚の求めがもらえないような女は、一人前の女ではない」とまで記されていて、歌垣が広まっている様子が窺える。


『続日本紀』聖武天皇の巻には、こんな記述がある。

「天皇は、朱雀門に出御して歌垣をご覧になった。参加者は男女二百四十余人で、五位以上の風流心のある者は、皆その中に入りまじった。正四位下の長田王、従四位下の栗栖王、門部王、従五位下の野中王らを頭《かみ》として唱和し、残りの人々が遅れて和した。都中の人々に自由に見させた。歓楽を極めて終わった。歌垣に参加した男女らに物を賜った」

〈『続日本紀』、天平六年（七三四年）二月一日〉

この歌垣で、歌頭を務めた長田王、門部王、野中王、栗栖王は、風流心のある者として、この催しに参加している。風流心とは、「学業に優れ、音楽・舞踊などの素養を持つ者で、師範とあるに堪える者」と見なされている。

栗栖王は、律令制に決められた雅楽寮《うたりょう》の頭《かみ》であった。

宮廷の権威を示す場においては、雅楽の管弦の伴奏で洗練された舞と歌が披露された。歌を作って披露することは、斎宮にあっても同様であった。斎宮の女官や役人たちが集い、歌い合うことは、頻繁に行われた。

さらに、歌に合わせた演奏も洗練された優雅なものであった。この時代、宮廷では、合奏による雅楽が盛んであったが、斎宮では琴《きん》が使われた。

第六章　琴の音色

平田清は、彼の学生時代に盛んだったハワイアンバンドで、スティールギターを担当していた。

スティールギターは、様々なチューニング（調弦）で演奏されるが、AマイナーセブンスにB♭（シのフラット）を加えたチューニングがよく使われる。上からE（ミ）、C（ド）、A（ラ）、G（ソ）、その下の弦は、オクターブ下で同じ音を繰り返すが、そこにB♭（シのフラット）を加える。

弦の数は、六弦、八弦、時には十弦で、右手は親指、人差し指、中指に爪を着け、左手は、金属のバーを持って単音、和音、あるいは左手を弦の上に軽く置いてオクターブ上の音を出す、ハーモニクスという技法を使って奏でる。

一方、中国では古代王朝の周朝（紀元前一一〇〇年頃から前二五六年）以来、「士」以上の者の必修科目として六芸《りくげい》が挙げられており、それは礼（礼節）・射（弓術）・書（書道）・御（馬車を繰る）・数（数学）に加え楽（音楽）である。

その楽としては、琴の演奏技術の習得が重視されていた。この琴というのは、「七弦琴」というもので、箏《そう》のように音高を決める柱《じ》がなく、十三の「徽《き》」と呼ばれる印（フレット）が楽器の上辺に打たれてあり、これを目安として左手を弦に置いて、右手は小指を除く四つの指で弾く。

調弦は、スティールギターとは反対に、一番上が最低音で、下に向かって順番に高くなっている。音高は、一番下の高音弦からD（高レ）、C（高ド）、A（ラ）、G（ソ）、F（ファ）、D（レ）、C（ド）という張り方が基本的な正調である。

西欧の音楽では、ペンタトニック（五音音階）といわれる音階があるが、この音階は七弦琴のチューニングと同じである。具体的にはスティールギターの調弦から七フレット上げると七弦琴とほとんど同じになる。

ちなみに、ペンタトニックは、ジャズではブルージーな感じを表現するのに使われることもある。

この七弦琴の奏法は、スティールギターと共通するものがあり、和音、ハーモニクスを多用する。

中国の文人画には、松の木の下で、この七弦琴を奏でている「聴琴図」を見かけるが、かの孔子も七弦琴をよく学び、彼が作曲した「幽蘭」は、旅の途上絶壁に咲いていた蘭を眺めて作ったとされる。この曲は、日本で発見された「碣石調《けっせきちょう》幽蘭第五《ゆうらんだいご》」(東京国立博物館所蔵・国宝)という「文字譜」により、現在も音楽として中国でも再現され、中国の琴

宋徽宗「聴琴図」

奏者たちの演奏を動画配信サイトなどで聴くことができる。

この楽器は、日本へは唐から遣唐使によって伝来した。正倉院宝物として「金銀平文《ひょうもん》琴《きん》」といわれる七弦琴が残されている。

『続日本紀』には、天平七年（七三五年）の記録で、吉備真備《きびのまきび》と僧の玄昉《げんぼう》が、留学生として唐に「遣唐使」として派遣されて戻った時、持ち帰った文物に、礼楽思想の学習（六芸の学習）と実践に必要であったと考えられる『唐礼』『楽書要録』がある。さらに弦楽器の調弦（チューニング）に必要な、銅律管《あかがねのりっかん》、鉄如方響写律管声《くろがねのほうきょうのごとくりっかんせい》などという器具も持ち帰った。

吉備真備は、玄昉と一緒に仏教経典や唐の文化を貪欲に吸収したのだろうが、この七弦琴の音色には魅力を感じたに違いない。

というのは、ただ楽器を持ち帰っただけではなく、実際に演奏するために不可欠なチューニングメーター（調弦機）である銅律管などまで持ち帰っており、記録を見つけることはできなかったが、楽譜も持ち帰ったと思われる。きっと七弦琴の音色に、二人は魅せられたのに違いないと思う。

多くの経文や、仏具などを持ち帰るための限られたスペースしかない遣唐使船に七弦琴に関する文物を載せるのには、優先順位を上げることが必要だった。

これらの楽器と演奏技術を具体的に表現するために不可欠なものとして、楽譜とチューニングメーターを持ち込んだのは、唐の文化をそのまま伝えたいという止むにやまれない気持ちからであったに違いない。

さらに、二人を虜にしたこの七弦琴の存在感と独特の音色を日本に持ち帰り、普及させようと試みたセンスが素晴らしい。

日本では、この楽器が紹介された奈良時代以降、琴は長い歴史を持ち、平安時代に書かれた『うつほ物語』では、琴を巡って、父子相伝の特別な奏法のことや男女の恋の話が展開されている。

また、本居宣長は江戸前期の熊沢蕃山という陽明学者による『源氏物語』の解釈に対して琴と礼楽思想に批判をしている。このように多くの人に知られていた七弦琴を嗜む人は大勢いた。

現在は、奏者は少なくなっている。

しかし本家の中国では、今でもコンサートや、テレビで耳にすることが多く、古くからある楽曲を文字譜によって再現したり、現代の作曲家が新たに作曲した曲も演奏されてい

中国現代七弦琴奏者　孔子文

て、多くの人には馴染みのある音色だ。こちらも現在、ネットの動画配信サイトで見られる。

スティールギターを好んで演奏していた平田清は、七弦琴を聴いてすごく感動した。その奏法や発する音は、スティールギターとは違うが、混じりけのない音やユニークなリズム取りに新鮮な驚きを感じた。

彼は、演奏者として「孔子文」という中国現代奏者を気に入っている。好きな理由は、左手の正確な位置取りによる音感とリズム感が素晴らしいこと。加えて美人であることだ。

余談になるが、七弦琴の演奏技は二〇〇九年にはユネスコの無形文化遺産に登録され、七弦琴は世界的にも「中国を代表する楽器」と認定された。

二〇一〇年のオークションでは、「松石間意」の銘を持つ宋代の七弦琴が、十七億円余りで落札された。その落札額は、楽器の落札額としてバイオリンのストラディバリウスを超え、当時最高額という出来事によっても、中国の人々の、この楽器への思い入れのほどを窺うことができるだろう。

＊＊＊

イノエは、幼いころから、この七弦琴の音色が好きだった。そして、宮廷には七弦琴を嗜む人がたくさんおり、特に父、聖武天皇の弟である広成王が幼いイノエに親身に手ほどきをしてくれた。そのおかげで、イノエはこの楽器を奏でる楽しさを徐々に覚えていった。

五歳の時、卜定によって斎王と定められ、日々潔斎を行って過ごしていたが、好奇心の強いイノエは、この楽器をなんとか身につけようと毎日毎日練習に励んだ。文字譜を読んで音で表現するより、耳で聴いた音を再現する方が、やりやすかった。

こうして集中力を高めて、徐々に楽曲を増やしていった。

月日が経ち、十歳になると楽器に合わせ、和歌の歌詞を唱うことができ、さらに楽しさが増した。

もともと雅楽の合奏のように大きな音は出ないが、まだ幼いイノエが琴に合わせ、歌を歌うと、小さい音ながら、可憐な風情があり、聞いている周りの人たちを楽しませることができるようになった。我が子の成長を、母親の県犬養広刀自《あがたいぬかいのひろとじ》も喜んでいたが、やがて斎王となって自分の元を離れると思うと悲しかった。

イノエが斎宮に来て、七弦琴を取り出して弾き始めたのは、しばらくしてからだった。七弦琴を始めたころは、苦手であった「文字譜」を今は、読み解き、記憶を呼び起こして弾き始めた。

都より随行してきた者の中には唐からの渡来人もおり、その者から七弦琴の新しい奏法を学び、その演奏に磨きをかけることができた。

斎宮の人たちは、イノエの琴と歌声に、憧れを持って聴くようになり、皆は何度も彼女の歌と演奏を聴きたがった。

やがて、新曲の演奏や、和歌に工夫を凝らした伴奏を即興でつけることができるようになった。

第七章　勅使供応

天平六年（七三四年）七月。イノエは十八歳となり、斎王として、日々潔斎をして過ごしてきた清々しさに加え、もともと備わっていた内なる美しさが輝くように現れてきていた。

伊勢は平城京から東海、関東への通過点にあたり、各地方への連絡や情報収集にあたる人たちがこの斎宮を訪れることがあった。

ある時、天皇の勅使として叔父の広成王の家来である、田中乙麻呂という者がこの斎宮を訪れた。斎宮寮の頭《かみ》で、伊勢守（伊勢の国守）を兼ねている葛井諸会《ふじいのもろえ》が出迎え、出居殿でさっそく勅を承ることとした。

田中乙麻呂は同年四月二十三日に発せられた勅書を携えてきた。それは、

「東海、東山、山陰道諸国において、牛馬を売買し、国境を越えて他国に出すことを許可する」

「諸道の健児《こんでい》、儲士《ちょし》、選士《せんし》（区分の詳細は不明。諸国で徴集した兵士の一種）には、田租の半分を免除する」

　という勅であった。

　伊勢守は、勅使が若輩で下位の者ではあるが、丁寧な物言いで応えた。

「謹んで承りました。さっそく国中に周知するように手配いたします」と応えて、この儀式を終えた。

　その後、広大な敷地を有する斎宮寮全体を案内することになり、舎人司の嵯峨正頼が先導することになった。正頼は、田中乙麻呂と歳も近いこともあり、気持ちをやや楽にして案内をすることができた。十三の司や食料、武器を収めておく寮庫群、一番西にある宴会を催す迎賓殿の後に斎王の住む内院に差し掛かる。

　そこで、田中乙麻呂は、立ち止まり、「井上内親王様はお元気でお過ごしですか」と正頼に尋ねた。

　乙麻呂は、幼いイノエが、叔父の広成王から七弦琴の手ほどきを受けていて、めきめき腕を上げていたのをよく覚えていた。

正頼は、誇らしげに最近のイノエの様子を話し始めた。

「斎王様は、たびたび近くの川や野山に出掛け、花や木を見て季節の移り変わりを確かめたり、田畑や山で会う人には、気軽に声を掛けておいでになります。

寮内では、斎王様は琴をよく演奏しています。頭や乳母の谷島様をはじめ、武官、事務官の方々だけではなく、斎王様の身の回りをお世話する女官まで、皆が代わる代わる、斎王様の演奏と歌を聴きたいと願っています。

最近は、和歌に見事な伴奏をつけて聴かせてくださいます。今日も宴の中で、ご披露されるのではないでしょうか」

これ対して乙麻呂は、正頼に礼を言うと、イノエの成長した姿を思い描いて、宿舎に戻った。


宴が始まり、田中乙麻呂が席に着いた。彼をはさみ、斎王寮の頭である葛井諸会、助《すけ》と呼ばれる副長官と何人かの司の長が席に着いた。反対側中央が空けてあり、命婦谷島以下乳母が席に着いていた。

そこへ輝くような美しさをたたえているが、凛とした姿のイノエが入ってきた。田中乙麻呂は、都にいたころの幼さの残るイノエしか知らなかった。それが、このように美しくなり、輝いているのをいるのを見て息を呑み、胸を高鳴らせた。それぞれが軽く会釈をして、会話が始まったところで、まず食事を楽しむことになった。

料理はそれぞれの膳で、金属器と漆塗りの碗に盛り付けられる。

まず、先付けとして、柚を絞った大根漬け、堅魚鮓（塩漬けの鰹を、ご飯と一緒に自然発酵させたもの）、索餅（米粉入り素麺）などが膳に並んでいる。乾杯のための飲み物は、醴酒《れいしゅ》（甘酒）が用意される。

乾杯の発声は、頭の葛井諸会である。飲み物はすぐに清酒に切り替えられ、次の魚の焼き物が並べられた。

まず、焼き鮑（調味料は醬）、鰒《ふぐ》の干物、続いて鮎の煮付けが出される。

いずれも近隣の海や川で獲れたものを丁寧に調理してある。

勅使田中乙麻呂は、ちょっと箸を置いて先付けや魚の微妙な味わいに感嘆し、声を上げた。頭、葛井諸会は膳部司（材料の調達から調理を仕切る部署）の仕事ぶりを紹介した。

命婦谷島は言葉を継いで「司の者は、日々研鑽して、今日のような大切な日に良いものをお出しできるよう気持ちを込めています」と、ちょっと自慢げに話した。

次に肉類を出すこととなる。芹を添えた鴨を軽く炙った品（調味料は藻塩《もしお》：海藻入り塩）、鹿の膾《なます》（細切りの肉を酢で和えたもの）。野菜は蒸してあり、蕨、大豆や様々なきのこ類を皿に盛り、醤や煎汁《いろり》を薄めたもので食した。

その後、蓮の実入りご飯、奈良漬や、大根の漬け物を添えたお粥、野菜を入れた牛乳と味噌の汁物が振る舞われた。

茶菓《さか》として、蘇（チーズ）、羊羹（細かくした栗を固めたもの）が最後に出された。

一通り食事を楽しんだのち、勅使田中乙麻呂から、都の様子を伺うことになった。

「五月に起きた地震は、畿内七道地震と命名されました。この伊勢でも被害があったと思いますが、畿内の大和、山城、摂津、河内、和泉を中心に、全国に被害が及んだようです。住まいが倒壊し、下敷きになった人が多数出ました。山崩れ、川の閉塞、地割れが数え切れないほど発生しています。また、この機に乗じて盗みを働く者が出没し、被害にあっている人もいます。

天皇は、諸国に遣いを出し、神社の被災状況を調べさせ、天王陵八ヶ所その他の皇族の墓の被害状況の調査を命じています。さらに、天皇ご自身の徳と政治の空白を省みる詔を発しました」

　全国の状況を聞いて、頭の葛井諸会は、伊勢国の状況を話し始めた。

「民の住まいも倒れる被害が出ました。またこの寮においても、一番東側の酒部司の屋根が落ちてしまいましたが、幸い怪我人は発生していません。また、神宮本殿の被害はありません」

　続いて、田中乙麻呂は、前年の飢饉の状況を話し始めた。

「各地の作物の生育状況は、旱魃が続き、ことごとく不作で、人々は飢えて疾病に罹る者が続出しました。天皇は、無利息で稲を貸し付けたりして、人々の生活が続けられるよう命じられました」

　この話を聞いた命婦谷島は、イノエの気持ちを察して、

「このような状況が続き、天皇が責任を深く感じられて、お体を悪くなされないか心配です。皇后様をはじめ、ご家族の皆様はどのように過ごされていますか」

　と訊いてみた。

「母上の広刀自様は、お元気です。（広刀自は皇后ではなく、夫人）いつもイノエ様のことを気にかけていらっしゃいます。妹の不破内親王様は、今年六歳になられる弟の安積《あさか》親

王様の面倒をよく見られて仲良く過ごされています。阿倍内親王（イノエとは異母姉妹、母は藤原不比等の娘で皇后光明子）様は、日々勉学に励んでいらっしゃいます」

イノエは、伊勢に来てから誕生した安積親王には、会っておらず、どのような弟なのか想像するしかなかった。また異腹で一つ歳下の阿倍内親王が、母、光明子の言うことを聞いて勉学に励んでいるのを知り、ちょっと羨ましかった。

やがて、夜の帳《とばり》が下り、参加者の心持ちも一息ついたところだった。

都の様子や各地の状況など話が一段落したところで、一同が待ち望んでいたイノエの演奏を聴くこととなった。七弦琴が用意された。イノエは簡単に調弦を行い、演奏が始まった。

最初の曲は、「広陵散」。

この曲は、古代中国の凄絶な仇討ちの物語を表現したものとされる。始めはゆったりと静かに奏でるが、しばらくすると同じ旋律を繰り返し、指板を強く押してリズムを取りながら、ぐんぐん盛り上げていく。

七弦琴が唐から伝わった時に、この曲も伝わったに違いないと思われるが、静かに始まり、激しく、リズミックに進んでいく流れに、一同は我を忘れて聴きこんでいた。最後のクライマックスではマイナーのメロディを弾きながら左手中指、薬指を心地良い調子で弦を叩き、音階を紡いでいく困難な技巧を振るわなければならないが、イノエは、そこではヴォリュームを上げながら、軽々と弾いてエンディングへと向かって進んでいった。

最後の一音の後、静寂が訪れ、皆我に帰って、笑顔で拍手をした。中には曲に感情移入をして涙があふれている人もいた。

次は「流水」で、水の流れを表現している曲である。

山奥の最初の一滴から、川となり、やがて大河に移っていく情景を、ある時は小さな音、倍音奏法（ハーモニクス）を使ったり、全弦を上下に激しく弾く、また一番上の最低弦を指でスライドして弾く複雑な動きが必要である。イノエは徽《き》（フレット：左手で弦を押さえる目印）に沿って低音の強弱をつけていくフレーズを軽快に弾きこなした。小川のせせらぎから、荒々しい波と川底の石のぶつかり合う音を表現する変化に富んだメロディが続く。最後は大河がゆったりと流れて遠のいていく様子が感じられる。イノエは、ここは穏やかな指さばきでゆっくりと弾き終わった。

この曲には、中国・春秋時代の琴奏者、伯牙《はくが》が演奏し、それを聴いて気持ちが通じ合った鐘子期《しょうしき》との関係を「知音《ちいん》」と言うようになった、という故事がある。

一同は最後の音が消えると我に返り、そこから大きな拍手と掛け声が方々から掛かった。ここまで進んでくると、参加者は、世間で流行っている「歌垣」のように即興で節をつけて歌い、それに合わせ舞を舞う者も現れた。イノエもその伴奏をすぐに即興で始めた。

額田王の詠んだ歌に次のようなものがある。

あかねさす　紫野行き　標野《しめの》行き　野守は見ずや　君が袖振る

（『万葉集』巻一 - 二〇）

（あかねさす）紫野を行ったり、標野を行ったりして、野守（夫である天智天皇を暗示）は見ているではありませんか。あなた（弟の大海人皇子、後の天武天皇）が私に向かって袖を振っているのを。

この歌への大海人皇子の返歌は、

紫草《むらさき》の　にほへる妹を　憎くあらば　人妻ゆゑに　我恋ひめやも

（『万葉集』巻一 - 二十一）

紫草の如く輝くように美しいあなたを憎いと思っているのだが、私は人妻であってもあなたを恋しい。

一同は、『万葉集』の中でも、特に素晴らしいこの歌の二人の状況を思い起こして繰り返し歌い踊り、胸を熱くしていた。

いくつか即興の歌も出たのち、勅使田中乙麻呂が、立ち上がり、

「多くの時間が経ってしまいました。都では、滅多に食することのないおいしい料理の数々、そしてイノエ様の素晴らしい七弦琴の演奏を聞かせていただきました。イノエ様が宮廷におられたころ、私の主人である広成王様から教えを受けておられた当時を思い出します。素晴らしく上達なすっていらっしゃいます。

イノエ様が伴奏をした歌や踊りは、私も参加して楽しい時を一緒に過ごすことができました。有難うございます」

と、礼の言葉を述べた。

ここでイノエは、「田中様からお褒めの言葉をいただき、有難うございます。このように私たちは、滞りなく先祖の神々をお護り、お慕いしています。都に戻りましたなら、父聖武天皇や皆様に宜しくお伝えくださいと」と告げた。

第八章　大宰府

村松かおりは、新たに旅行計画を立てることにした。今度は、大宰府を中心に福岡県を訪ねる。

大宰府史跡は、市街地に向けなだらかに山裾を広げる四天王寺山から、大宰府政庁跡や観世音寺を望む広い地域にある。唐や新羅への防衛の観点から、博多湾から内陸に入った場所に造られた水城《みずき》と呼ばれる大きな堤と、今は枯れてしまっているが、水を蓄えていた遺構もある。

大宰府の組織は、九州全体の行政司法を所管していた。軍事面では、その管轄下に防人《さきもり》を統括する防人司、主船司を置き、西辺国境の防備を担っていた。外交面では、北九州が中国の王朝や、朝鮮半島各国などとの交流を行う玄関的機能を果たしていた。

万葉集歌人の大伴旅人、山上憶良、遣唐使として二度も中国に渡った吉備真備など多くの京《みやこ》の人が、大宰府で勤務している。

中大兄皇子は、天智二年（六六三年）に、朝鮮半島での白村江《はくすきのえ》の戦いに敗れ、唐や新羅の侵攻に備えるため、水城という防衛ラインと防人と呼ばれる防衛隊を組織した。防人は、三年で交代となっていた。選ばれた人たちは、その間、税は免除されたが、家族と引き離され、辛い経験をしたようだ。『万葉集』には、防人とその家族の歌が、残っていて、当時の率直な想いが綴られている。

我が妻も　畫《え》に描きとらむ暇《いつま》もが　旅ゆく我は、見つつ偲ばむ

（物部古麻呂《もののべのこまろ》　巻二十 - 四三二七）

自分の妻を、絵に写しとる暇があれば良いのだが、そうすれば、旅路をゆく私は、道々、それを見ながら思い出して行けるのに。

置きて行かば、妹はまかなし　持ちて行く　梓《あずさ》の弓の、弓束《ゆづか》にもがも

（防人歌　作者不明　巻十四 - 三五六七）

置いて行くには、あの人は可愛うてならない。かわりに携えて行くことのできる、梓弓の弓束ででもあれば良いのに。

後《おく》れ居《い》て恋ひば苦しも　朝狩りの　君が弓にも　ならましものを

（問答歌　作者不明　巻十四 - 三五六八）

取り残されていて焦がれるのは苦しいことです。よく朝狩りに出掛けなさった、あなたの弓になりたいものです。

『万葉集』には、防人とその家族の歌が全部で九十八首採用されているが、突然の召集で長い年月を過ごし、中には命を落としてしまう厳しい別れもあったようだ。

＊　＊　＊

西鉄太宰府線終点の太宰府駅に着いた村松かおりは、まず観光案内所に行き、市内の地図を入手し、担当者に聞いてみた。

「初めて太宰府に来ましたが、どこを訪ねればいいですか？」

担当者は、地図を指しながら一通りの場所を案内した。そして、「それぞれの施設を結んでいる、循環バスがありますので利用してください」と親切に教えてくれた。

菅原道真の墓所でもある、天満宮はまず訪れるとして、大野城《おおのじょう》趾や、水城《みずき》跡なども訪ねてみたいと考えを巡らせた。

しかし、大野城跡には循環バスは通っていないうえ、徒歩では五十分ほどかかるようである。水城跡は近くまでバスで行くことができ、こちらは訪ねられそうであった。俯瞰的なイラストで見ると、博多湾に向かって御笠川が流れ込んでいて、そこを横切るように水城が築かれていた。四天王寺山の頂上が大野城址、左手に基肄《きい》城を見通す位置にある。

村松かおりは水城跡に着いて、辺りを見回してみる。小高い堤になっていて、上がってみると、雑草が生えており、雑木林になっている間が開けて小道になっている。そこでは親子がキャッチボールをしていたり、脇のベンチでは一休みしている人もいた。

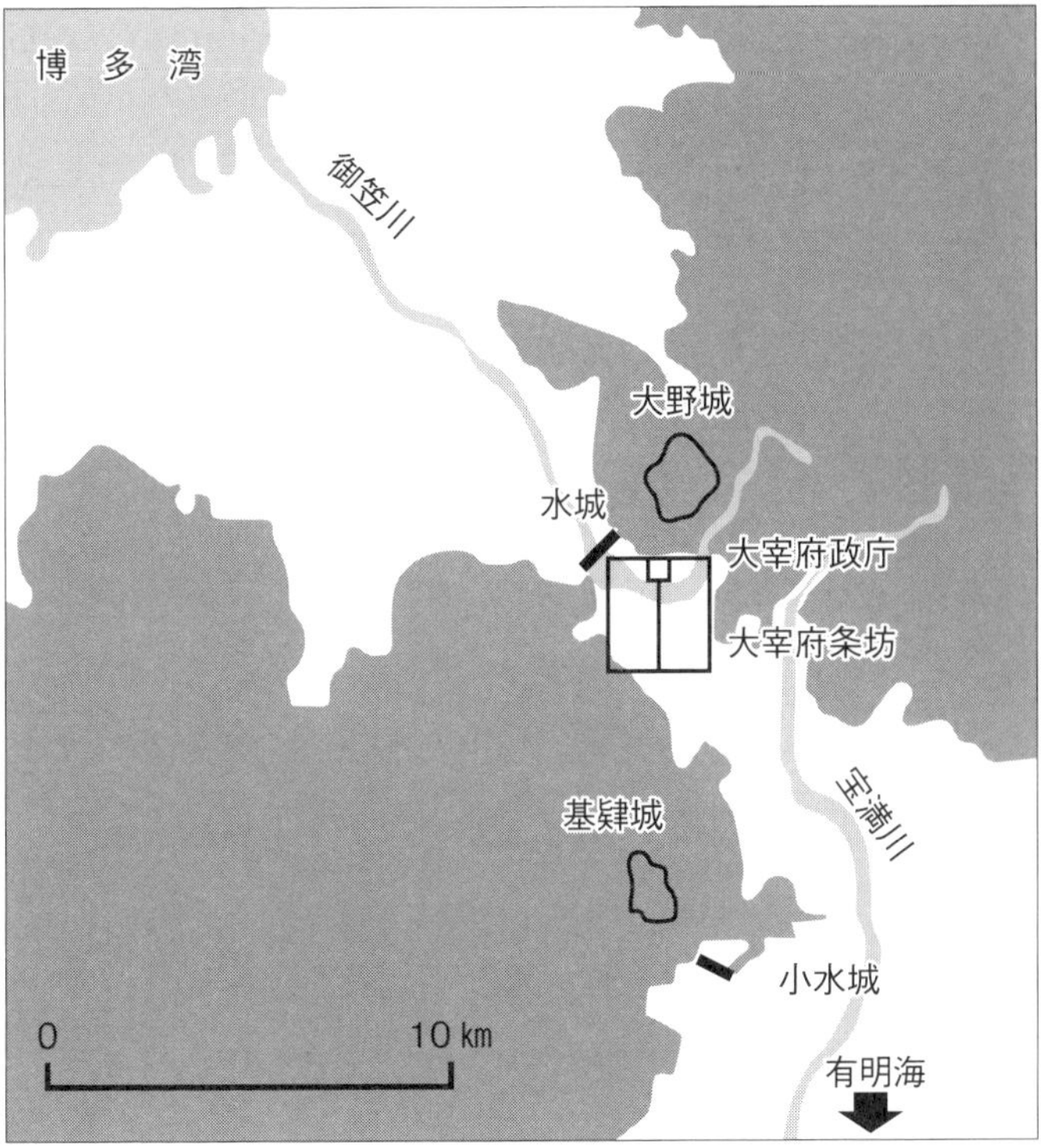

北九州防備としての大宰府

朝鮮半島の白村江の戦いで、唐・新羅連合軍に敗れた中大兄皇子（後の天智天皇）が、唐が攻め込んでくるのではないかとの恐れから、博多湾からの侵攻を防ぐため大堤である水城を築いた。博多湾から有明海まで見通すことができる絶好の地に大野城を築いた。さらに有明海からの侵攻に備えて、基肄城《きいじょう》と小水城《しょうみずき》を設けたということなのだ。

しかし、目の前に広がっている景観を目にしても実感は湧かない。

遣隋使、遣唐使が、中国との交流を深めたということは、教科書などから得た知識として持っている。

この時代の韓半島諸国の王族を含む多くの人たちが、日本に入り込んで交流を深めていったこと、たとえば、白磁、青磁などの製造技術や螺鈿《らでん》、漆を使った工芸品の製作に携わる人たちが、直接日本人に伝えたことに気づかされる。

この渡来人たちは、日本人と結婚をし、子孫を残しているのだ。渡来人の子孫の中には天皇と結ばれ、その子が天皇にもなっているという例もある。

この太宰府には、大陸や韓半島からの使者の接待を担うために客館が設置されていた。太宰府で勤務していた官人たちは、渡来人を手厚くもてなし、日本人の心遣いとか風習をさりげなく紹介していた。そして、渡来人たちは、ここから各地に足を延ばし、そこに根を張った人も大勢いた。

『続日本紀』には、天平七年（七三五年）八月十二日に次のような詔があった。

「聞くところによると、このころ大宰府管内で、疫病により死亡する者が多いという。疫病を治療し民の命を救いたいと思う。このため幣帛《みてぐら》を大宰府管内の神祇に捧げて、人民のために祈禱をさせる。また大宰府の観世音寺と別の国の諸寺に、金剛般若経を読誦させ、さらに使者を遣わして、疫病に苦しむ人に米などを恵み与えるとともに、煎じ薬を給付せよ。

また長門国よりこちらの山陰道諸国の、国守《くにのかみ》もしくは介《すけ》は、ひたすら斎戒し、道饗《みちあえ》（悪鬼の侵入するのを防ぐため、街道で行う祭祀）をして防げ」

続く八月二十三日の記述では、大宰府が「『管内の諸国で瘡《そう》のできる疫病が大流行し、人民はことごとく病臥しております。今年度の調《みつき》の貢納を停止していただきたいと思います』と言上したのでこれを許した」となっている。

このような状況で、多くの庶民は体を動かすこともできず、むろん働くこともできない。体に疱瘡ができると路地に放置される。やがて親が亡くなり、幼子が腕の中で死んでいく。

自分の空腹を満たすために盗み、暴行などが頻発する。体力の衰えと絶望的な空腹のまま死を迎えることになる。

天平の疫病大流行とは、七三五年から七三七年にかけて発生した天然痘の流行のことで、日本史の研究者ウイリアム・ウェイン・ファリスが、「正倉院文書」に残されている当時の「正税帳《しょうぜいちょう》」を利用して算出した推計によれば、この期間の天然痘による死亡者数は、当時の総人口の二五～三五パーセントに達していたという。この推計に従えば、百万～百五十万人が天然痘によって死亡したということになる。

奈良市内でみかけた「猿ぼぼ」

発生地が大宰府ということで、遣唐使もしくは遣新羅使《けんしらぎし》が、感染源である可能性が高い。天然痘ウイルスは、飛沫感染により他の人にうつる。治癒後は免疫抗体ができるため、二度と罹らないということは、この時代でも分かっていた。
この時代、天然痘を擬神化した疱瘡神は、悪神の一つとして恐れられ、日本各地には疱瘡神除けの神事や、行事が今も残っている。奈良市内の民家で「猿ぼぼ」といわれる赤い猿をいくつか繋ぎ合わせたものが、軒先に吊るされているのを今でも見ることができるが、それもこの疱瘡神除けの名残である。

『続日本紀』の記述には、聖武天皇が天然痘流行の責任を大いに感じ、様々な神事を行わせたり、罪人の罪を減じたりしている。奈良の大仏造営のきっかけの一つも、この天然痘の流行であった。

二〇二〇年にパンデミックを起こした「新型コロナウイルス」による肺炎の被害を思い起こすが、原因が分からず治療法もない病の大流行が、古代の人々をどれだけ恐れさせたか、想像に難くない。
ちなみに一九八〇年、「世界保健機関（WHO）」は天然痘撲滅宣言を行っていて、天然痘はウイルスによる病気で唯一消滅したものとなっている。

第九章　イノエの冒険

イノエは、久しぶりに遠出をすることにした。徒歩であるが、舎人司の嵯峨正頼が護衛につき、お気に入りの女官素子が昼食や飲み物を携えて供をした。

斎宮を出て南西に向かうと、樹木に囲まれた山裾が広がっている。紀伊半島は中央部に紀伊山地の山々が連なり、その東方が志摩半島まで延びている。今は、その山裾の先端に掛かったのだ。

吉野と呼ばれる深山と谷を切り取る深い渓谷には、修験者のみならず皇族も足を踏み入れている。新宮や熊野といわれる場所にも多くの神社があり、皇室に連なる神々が祀られている。

イノエは、斎宮に来て以来、斎宮の周囲の草原や、川、海岸を頻繁に歩いている。

イノエが歩いていると、村人や、海岸で昆布や貝を採っている人たちに会う。彼らが軽く会釈をすると、イノエも微笑んで挨拶を返す。時には、「この魚はなんと言いますか。どのように食するのですか」などと話し掛けてみる。イノエの美しさに人々は、気持ちを昂らせて最初は満足に応えられなかったのが、気取らずに話すイノエに親しく話をする人々が増えてきた。そのうち、イノエを見ると気軽に挨拶をするようになった。

山道に入ると、山菜やきのこ採りにきた人に会う。ここでもイノエを覚えていて、軽く会釈を交わした。

三時間ほど歩いて、やがて、深い森から谷を下りる所へ通り掛かった。この下りでイノエは、右手に持った杖を突き損ねて足を踏み外してしまい、谷側へ激しく転んでしまった。この時、右脚を捻ってしまった。先導していた嵯峨正頼が、気がつく間もなく、一瞬のことであった。

幸い崖下に落ちることもなく、その場に留まったが、嵯峨正頼がイノエの脚を見ていると、たちまち腫れてきた。イノエは、その場から動くことができず、正頼と素子で抱え上げ、平らな場所に移した。

正頼は素子に「これからお前は斎宮に戻り、イノエ様が足を踏み外したことを伝え、薬草と輿を衛士四、五人に持たせて戻るように谷島様に伝えなさい」と命じて、急がせた。

素子が走り出して、イノエが体を横たえていると、だんだん体が冷えてきた。やがて悪寒が走り、歯の根が合わなくなってきた。それを見て正頼はしばらく躊躇していたが、自分の綿襖《めんおう》（兵士の上着）を脱いで着せ掛けた。しばらくその場で動かなくなっていたが、それでも震えは収まらないので、イノエの体を抱え込んで遠慮がちに抱きしめた。イノエは嫌がらず身を任せて目を閉じている。

正頼は、顔から血の気が引いて震えているイノエが愛おしくなり、強く抱きしめた。匂い袋の香の匂いと、イノエの甘酸っぱい香りが混じり合って、正頼の鼻腔をくすぐる。頰を寄せて、そのままじっと抱きしめていると、気持ちが昂り、抑えきれない感情が正頼を突き上げた。イノエの肩に手を添えて、そっとイノエの顔を眺めていると、彼女はイヤイヤをするように首を振った。

正頼は、はっと我に返り、抱きしめていた両手を離し、「痛みますか」と気まずさを隠すように、頰を赤くして声を出した。イノエも男性に抱きしめられたことは初めてでもあり、目をつむったまま、こくりと首を傾けた。

痛みは、血流とともにズキンズキンと響いていたが、やがて疲れが出て眠りに就いた。

気がつくと、素子と衛士たちが現れてイノエを心配そうに覗き込んでいた。薬草で患部を覆い、用意した輿にイノエを乗せ、斎宮に向けて歩き始めた。

斎宮に着くと、頭である葛井諸会や谷島以下、皆が心配して出迎えた。すぐにイノエの居住区である寝殿に床を敷き、休ませた。

しばらくして谷島が枕元にやってきて、「イノエ様、いかがですか」と尋ねた。足の腫れは引いていないが、顔色は戻っていた。

「これからは険しい山道など行かぬよう、外出の際はどうぞお気をつけてくださいませ」

谷島の言うことはそれだけであった。イノエは正頼に抱きしめられたことは黙っていた。


この事故以来、正頼はイノエの姿を目にすることはなかった。だが、イノエの足の具合が快方に向かっていることは聞かされていた。

それから数日後、正頼が夜警当番でイノエの居住区である内院の脇で立哨することになった。

正頼にはイノエの姿を見ることはできないが、遅くまで七弦琴を触る音がした。流れるように弾くのではなく、一音一音探りながら音を出している。おそらく新曲を覚えるために、文字譜を見ながら音を出しているのだろう。ちょっと間が空いたので、すかさず、正頼はイノエに声を掛けた。

「イノエ様、正頼でございます。お元気のご様子で、何よりでございます。先日の遠出の折には、イノエ様をしっかりお守りすることができず、申し訳ございませんでした」

そこまで話すと、イノエがスルスルと姿を現した。正頼は思わず、その場にひれ伏しながら、その姿をしっかりと見つめた。イノエは暗がりでも輝いており、そして立ち止まり、正頼にとって久しぶりに見るその美しさは相変わらずであった。

「本日は、私が内院の警護を務めています」

「足を痛めたのは初めてなのです。痛みが出てくると体が冷えてしまうことにびっくりしました。あの時、温めていただいたので、ちょっと元気が出たのです」

正頼は恥ずかしい行為をしてしまったと後ろめたい気持ちを抱いていたのだが、直接そのことを言われると、余計に恥ずかしい気持ちと、ちょっと誇らしい気持ちが湧いた。

そして、イノエの姿と自分に向けられた言葉で、ますますイノエへの憧れの気持ちが強まっていた。

それから何日か過ぎて、斎宮に巡察使が訪ねてきた。巡察とは「諸国の人々の生活ぶりや役人たちの仕事を確認すること」であり、国司・郡司の各種帳簿や税の納入状況や、百姓たちの消息、人々の窮乏を調べる任務も帯びていた。

今回、巡察使として現れたのは、皇族であるが若年の市原王《いちはらのおおきみ》である。この時は、天平十年（七三八年）で市原王は二十歳ぐらいと思われる。イノエは二十二歳である。二人は都《みやこ》で会っていたのであろうが、双方とも記憶はなかった。

斎宮寮の頭で、伊勢守を兼ねている葛井諸会が、まず巡察使市原王と面談を行い、伊勢国及び度会《わたらい》郡の現状を説明した。市原王は若いにも拘わらず、厳しい質問を諸井諸会に浴びせてくる。諸井は脇下に汗をかく有り様であった。

夕刻になり、ささやかな宴を催すことになった。予告なしの来宮だったので、十分な準備もなかったが、イノエも参加して宴は始まった。一応用意のできた新鮮な海の幸・山の幸をそれぞれの膳に載せて宴会となった。それでも都で新鮮な魚介に接することの少ない市原王は、舌鼓を打つ間もなく、よく食べ、よく飲んだ。

食事が終わり、イノエは七弦琴を取り出し、黙って演奏し始めた。市原王はイノエの演奏姿を凝視していた。市原王も、宮廷の雅楽で使われる、笙《しょう》、篳篥《ひちりき》、竜笛《りゅうてき》などの吹き物

（管楽器）は好んで演奏する、並々ならぬ音楽好きだった。イノエの七弦琴には、惹かれるものがあった。

何曲か聴いていると、イノエの音感の良さや、間の取り方が優雅で独特であるのが分かった。思わず「素晴らしい」と感嘆の声を出した。

イノエも琴を弾いている間、自分に向けられている真剣な眼差しを感じていて、演奏が終わって感嘆の声を掛けられたことがとても嬉しかった。

顔を上げると、市原王の涼しげな目が真っ直ぐ自分を見つめており、イノエの心臓が高鳴った。

市原王は『万葉集』に八首の歌が載るほど、歌作りにも長けていた。

網児《あご》の山《やま》　五百重《いほへ》隠せる佐堤《さで》の崎《さき》　小網延《さでは》へし子の　夢《いめ》にし見ゆる

（巻四 - 六六二）

「網児の山」は、現在の三重県の英虞《あご》湾周辺の山と思われるが、そんな網児の山が幾重にも重なって隠す佐堤の崎に小網を張って漁をしていた子が夢に見える。

こんな、海女の子に恋をした歌が載っている。

伊勢に近い英虞湾を入れて歌っているこの歌を、この宴の場で披露したのかどうかは定かではないが、市原王は、即興で歌に節をつけ、それに合わせてイノエが伴奏したのだった。


宴も終わりが近づき、名残惜しい市原王は、「今晩イノエ様に是非ともお会いしたい」と、筆を走らせ、女官の素子を通じ、渡した。

やがて夜も更けて、子《ね》一つ（午後十一時）ごろ、市原王がイノエの寝所の前に立ち、小さな声で呼び掛けた。聞きつけたイノエは、素子に迎えるよう頼んだ。

斎王の寝所に男子が入るのは、重い禁忌に触れる。神を冒瀆する、あってはならないことである。しかし、この時は市原王、イノエともに禁忌を簡単に踏み越えてしまう。一目見た時から、お互いの引き合う力が強く、夜の帳も手伝ったのだ。

素子は簡単なつまみと酒を用意し、市原王に勧めるとそのままさがった。

二人は、宮廷のことや、都からこの伊勢までのことなど話し始めた。

やがて、市原王はイノエに顔を近づけて手を取り合った。

市原王は、自信にあふれた物腰で、一方のイノエといえば心臓が早鐘のように鳴りだした。全身の血管が脈打っている。気持ちが高まり、熱を持ってお腹に集まってきた。

王はイノエの目を真っ直ぐ見ている。なんて刺激的なのだろう。「衣を脱ごうか」彼は低い声で言い、大袖の端を摑んで、そっと滑らせた。

「私がどれだけイノエ様を強く求めているか、分かってほしいのです」王は、そうささやくように言い、イノエは息ができなくなった。

王は目をそらさない。王の手がイノエの頬に触れた。そのまま輪郭に沿って顎までなぞる。

「これから、どんなことをしようとしているか分かりますか」王はそう付け加え、イノエの顎を指先で優しく愛撫した。

イノエの体の奥深く、もっと暗いところに潜んでいる筋肉が張りつめ、これまで感じたことのない官能的な痛みが広がった。その痛みは、耐え難いほど甘美で刺激的で、思わずまぶたを閉じたくなった。でも動けない。王の目に、王の熱い視線に、催眠術をかけられたみたいだった。

王は顔を近づけて口を吸った。その唇は、容赦なく、強引で、でも急ぐことなく、イノエの唇にピタリと寄り添った。王はイノエの顔の輪郭に、唇の端に軽く触れるように唇を這わせていきながら、帯をすっと解き、裳《も》（スカート）を脱がせ、内衣に手を掛けて肌を露わにした。

「ああ、イノエ」ため息のような声で王が言った。

「なんと美しい肌なんだ。透けるように白くて傷一つない。隅々まで唇でなぞりたい」

王はイノエの髪を結っていた飾物を取り、流れ落ちようとした髪を手で受け止めた。王は両手をその髪にうずめ、イノエの頭を両側からはさむようにして押さえた。

王の口づけは、抵抗を許さなかった。舌と唇がイノエの舌と唇を誘惑している。イノエはうめき声を漏らした。舌がおずおずと王の舌を迎えた。

王の腕が、イノエをしっかりと抱き寄せる。片手をイノエの髪の中に残して、もう一方は背筋を下へと辿り始めた。背中から腰へ。王の手がイノエの腰を優しく引き寄せる。腰と腰がピタリと張りついた。王が勃起しているのが感じ取れた。その部分が、そっと押しつけられる。

唇を合わせたままイノエは、またうめき声を漏らした。体中で暴れ回っている感覚をもう抑えつけておくことはできない。

王が欲しい。今すぐ欲しい。王の上腕を掴む。引き締まった筋肉を掌《てのひら》に感じた。まるで筋肉の塊。イノエはためらいがちに手を持ち上げて王の顔に触れ、髪に指を絡ませた。


王はイノエからいったん離れると、不意に腰をかがめて膝をつき、両腕をイノエの両腿から腰へと滑らせた。イノエのお尻を両手で掴んでおいて、舌の先でイノエのおへその周りをなぞった。それから唇で肌を軽くついばむようにしながら、お腹を横切って腰骨に辿り着くと、今後は反対側の腰骨まで戻った。

「ああ……」イノエは声を漏らした。イノエの前に膝をついた王、肌の上を這う王の唇。予想もしていなかった光景、刺激的な光景だった。王の両腕に掴まりながら、大きく激しくなっていくイノエの息遣いをなだめようとした。

王が切れ長の目で、イノエを見つめている。瞳が灯りを受けてキラリと光っている。王は、添え紐と薄物をゆっくりと外した。イノエの目にじっと視線を注いだまま、両手で肌をなぞるようにお尻側に回った。そのままじりじりと、腿の裏へ伝っていきながら、下腹部の中心にそっと触れた。その間も絡ませた視線をほどこうとしなかった。次の刹那、王はふとかがみ込んで、イノエの下腹部の峰を鼻先でなぞった。

ああ……王を感じた……あそこで。

「いい香りだ」王は小声で言って目を閉じた。その顔には、混じりけのない歓喜が浮かんでいる。その表情を見た瞬間、イノエの背筋に震えが走った。

王は手を伸ばして脱がした衣を脇に置き、イノエの半身を起こした。

イノエはその様子をじっと見つめていた。呼吸が速い。……王が欲しい。

王は踵を手で包むようにしてイノエの脚を持ち上げると、親指の爪で足の甲をなぞった。その感覚は痛みに似ていた。王の動きは、イノエの脚の間にこだました。イノエは息を呑んだ。王はイノエの目を見つめたまま、今度は舌の先で足の甲をなぞった。

ああ……イノエはうめき声を上げた。……どうしてあそこが感じるの？　あえぎながらイノエは、寝床に倒れ込んだ。

「イノエ、次は何をしようか」王は自信をみなぎらせ、ささやいた。「あなたは実に美しい。イノエ。今すぐにでも、あなたの中に入りたい」

ああ　だめ……その言葉、その誘惑には抗えない。イノエは息さえ、まともにできなくなっていた。

王の舌が、不意におへそに忍び込んだ。舌の道筋は北へと向かい、イノエの上半身を上ってくる。肌が燃えるようだった。全身が火照っている。熱い。同時に冷たい。イノエは王の肩に両手を置いて、王の動きを耐えていた。王はイノエに寄り添うように横たわった。王の手がお尻から腰へと滑り、最後に胸に辿り着いた。王がイノエを見つめている。表情からは何も読みとれない。掌がイノエの乳房を柔らかく包み込んだ。

「私の手にぴったりの大きさだ、イノエ」

王は指先で乳房の先端を優しくなぞった。王の手が反対の乳房へと移り、同じことを繰り返した。普段以上に盛り上がった乳房の先で、彼の視線にさらされた乳首が硬くとがった。

「いい眺めだ」王は満足げに言い、イノエの乳房はますます硬くなった。王はそこにそっと息を吹きかけ、もう一方の手で反対の乳房を包んだ。親指でゆっくりと転がされた乳首がそそり立つ。快感があそこまで届いて、イノエはうめき声を漏らした。すっかり濡れているのが分かる。

「ああ……お願い」イノエは心の中で懇願し、掛けていた薄衣を握りしめた。王の唇が片方の乳首をくわえた。そして優しく引っ張られた瞬間、全身が痙攣を起こしかけた。

「これだけでいけるか、やってみよう」王はそう言い、乳首をゆっくりと責め続けた。指と唇の優しい攻撃にさらされた両の乳首から、苦痛にも似た甘い感覚が広がって、全身の神経の一本一本に火をつけていった。

イノエの体は、あまりの快感に耐えかねて、悦びの歌を歌っている。それでも王はやめようとしない。

「あ………だめ」イノエは懇願し、背をのけぞらせた。口を大きく開けてあえぐ。両脚がこわばった。「ああ私に一体何が起きているの？」

「我慢するな。イノエ」王がささやく。歯が乳首をそっと噛む。親指と人差し指は、反対の乳首を強く引っ張っている。次の瞬間、イノエは王の手の中で崩壊した。全身が激しく痙攣したかと思うと、無数の破片が砕け散った。王の唇がイノエの口を覆い、深く差し入れられた舌が、イノエの悲鳴を吸い取った。

どうかなってしまうかと思うほどの快感。王は満足げな笑みを浮かべてイノエを見つめていた。イノエの顔はたぶん、感謝と畏敬の表情だけが浮かんでいる。

絶頂期の波は引き始めていた。それでも、イノエの呼吸は、まだ乱れている。王の手がイノエの腰へと下り、さらに脚の間に下って、そこを愛おしげに包み込んだ。イノエの周囲……あそこの周囲を、円を描くようにゆっくりとなぞり始めた。

王が一瞬目を閉じる。息遣いが乱れた。

「嬉しいよ、こんなに濡れていて、今すぐイノエが欲しい」王が指を挿入した。何度も、何度も出し入れする。イノエは思わず声を上げていた。掌が陰核をかすめる。また声を上げた。指はさらに深く押し込まれた。

イノエは、あえいだ。

イノエは初めてこんなことを経験するのに、王の落ち着いた振る舞い……宮廷で何人もの女官や女嬬との出会いがあったのかしら、と想像した。

王は横に並んでイノエの手を取り、自分の腿の付け根に導いた。そこで勃起したものに触った。すごい……それからイノエの脚の間に割って入り、脚をさらに大きく広げさせた。

「あれが？　……本当に？　本当に入るの？」と思った。

「心配ない」王はイノエの目を覗き込んで言った。「イノエも広がるから」王はイノエに覆いかぶさり、頭の両脇に手を着いた。真上からイノエを真っ直ぐ見つめている。顎には力がこもり目は燃えるようだった。

「本当にいいんだね？」王が優しく訊く。

「いいの。お願い」イノエは懇願した。

「膝を胸に引き寄せるようにして」王が静かに言った。

イノエは即座に従った。

王は屹立したものの先端をイノエのとば口に押し当てた。「ゆっくりと」そうささやくと同時に、そろりと奥に進んだ。

「ああああ」イノエは叫んだ。王がイノエの処女を貫いた瞬間、なんとも言いようのない強い圧迫感を体の奥深くに感じた。

王は動きを止め、イノエをじっと見下ろしている。その目は征服感に恍惚としているようだった。

王の唇がわずかに開く。息遣いが荒くなっている。うめき声が漏れた。

「きつく締めつけている。どうだ、痛くないか？」

イノエは目を見開き、大丈夫とうなずいて王の前腕を両手で握りしめた。あそこが、はち切れんばかりに押し広げられている。王はしばらく動きを止めたまま、強烈な存在感にイノエが慣れるのを待っている。

「動くよ」しばらくして王は言った。その声は、何かに耐えかねているように張りつめていた。

「ああ………」

王がゆっくりと、このうえもなくゆっくりと退いていく。また目を閉じてうめく。次の瞬間、再びイノエを貫いた。この時もまた、イノエは叫んだ。王が動きを止める。「もっと欲しいか？」王がかすれた声で訊く。

「もっと」

王がイノエをもう一度突く。そしてまた動きを止めた。イノエはうめいた。体は王を受け入れようとしていた……ああ、もっともっと欲しい。

「もっとか？」王が訊く。

「もっと」懇願する。

王が動く。今度は止まることなく動き続けた。姿勢を変えて横向きに片肘をつく。王の体重がのしかかって、イノエをしっかりと押さえつけていた。初め、王の動きはゆっくりとしていた。優しく前後を繰り返していた。

未知の感覚に慣れるにつれ、いつしかイノエもおずおずと動き始めていた。

王が速度を上げる。イノエはあえぐ。王はさらに速度を上げていった。容赦のない激しいリズム。イノエもそれに合わせ、王を迎え入れるように腰を突き出した。

王の両手がイノエの髪を摑み、唇をむさぼった。歯がまたイノエの下唇をそっと噛む。王が彼女を貫く角度が微妙に変わった。下腹の奥の方で馴染みのない感覚がふくらんでいくのが分かる。王は突き上げ続け、イノエの体はこわばった。全身がわななき、弓なりにのけぞる。汗がふっくらと皮膚を覆っていた。

ああ……こんなものだったなんて……こんなに気持ちの良いものだとは想像もしていなかった。まともに考えることさえできない。……今、存在するのはこの快感だけ……王だけ、私だけ。

「ああ、もうだめ」……全身が張りつめた。「今だ、いけ、イノエ」王が乱れた息の合間にささやいた。その言葉を合図に、イノエはふくらみきったものを解放した。王が絶頂に迎えると同時に、イノエは破裂して百万の破片になった。次の瞬間王もいった。イノエの名を呼びながら、最後に一度、激しく突き上げると、動きを止めて、解き放った。

王はゆっくりと腰を引きながら離れた。

イノエは疲れ切っていた。間もなく眠りに落ちていた。あるいは失神してそのまま眠り込んでいた。イノエが目を覚ました時、表はまだ暗かった。どのくらい眠っていたのだろう。上掛けの下で伸びをした。痛い。あそこに心地良い痛みが鈍く残っていた。市原王はどこにもいない。イノエは起き上がり、すぐそこに広がっている庭と生垣を眺めた。東の空はわずかに白み始めていた。

今日、市原王は都へ戻る。昨晩の夢は、まだ体の中心に残っていて、そのことを思い出すと、イノエは礼服を着て市原王を見送る気持ちには到底なれない。

舎人司の嵯峨正頼が通り掛かり、朝の挨拶を交わしたが、イノエは何かまともに顔を見るのがはばかられた。

素子が朝食を用意し、給仕をしてくれたが、市原王の話題は避けていた。

結局、その後、市原王とは顔を合わすことなく別れた。

第十章　聖武天皇の苦悩

藤原不比等《ふじわらのふひと》は、天智天皇から藤原の姓を賜った藤原鎌足の子である。文武元年（六九七年）、文武天皇が即位し、その時期に不比等は自分の娘、藤原宮子を天皇の夫人とした。大宝元年（七〇一年）、文武天皇と宮子の間には首皇子《おびとおうじ》（後の聖武天皇）が生まれた。その後、不比等はもう一人の娘である藤原光明子を首皇太子に嫁がせるため、画策していた。

首皇子は霊亀元年（七一五年）十五歳で皇太子となり、翌年藤原光明子を迎えた。そして、首皇太子は養老八年（七二四年）二月に聖武天皇として即位した。それまでの「養老」の元号を改め、「神亀」とした。

二月六日、天皇は勅して藤原夫人《ぶにん》（宮子）を尊び、大夫人《おおきさき》と称することにした。

これに対し、三月二十二日、左大臣の長屋王が奏言した。

「うやうやしく今年二月の勅を拝見しますと、藤原夫人を天下の人々は皆、大夫人と称せとあります。しかし、私ども謹んで公式令を調べますと、皇太夫人と称することになっています。先ごろの勅号に依ろうとすれば、皇の字を失うことになり、令の文を用いようとすれば、違勅となることを恐れます。いかに定めれば良いか分かりませんので、伏してお指図を仰ぎたいと思います」

このことに対し、次のように詔があった。

「文書に記す場合には皇太夫人とし、口頭では大御祖《おおみおや》とし、先勅での大夫人の号を撤回して、後の名号（皇太夫人と大御祖）を天下に通用させよ」

勅（あるいは詔）は、天皇がその意思を下達する文書だが、事前に関係者に根回しを行う。今でも国や企業が重要な施策などを伝達する時は、会議の前にあらかじめ関係者に意思を伝えるのと同じである。

聖武天皇は自身のブレーンとして、皇族である長屋王を深く信頼していた。

一方、藤原不比等は自分や一族の影響力を行き渡らせるため、たびたび天皇に進言して天皇の意思決定に深く関わろうとしていた。長屋王は、この藤原家に対して強い危機感を持っていた。

貴族藤原家と皇族の長屋王の対立は、そのままくすぶっていた。

そのような中での神亀四年（七二七年）、光明子が男子を出産。一ヶ月後に皇太子に指名した。しかし、翌年九月に夭折してしまう。


天平元年（七二九年）二月十日、聖武の元に「長屋王は一年前に夭折した男子を呪詛して呪い殺した」との密告があった。

聖武は藤原宇合《ふじわらのうまかい》（不比等の四番目の子）に兵を集めさせ、長屋王邸を包囲させた。そして二月十二日、長屋王は自害した。皇族として特別の存在であった長屋王を自害に追い込んでしまったことは、聖武天皇の心に大きな傷を残したであろう。後世の人は、これを「長屋王の変」と呼んでいる。

ところが、天平九年（七三七年）、天然痘の流行で、藤原四兄弟の武智麻呂、房前、麻呂、宇合が相次いで死亡。勢力を伸ばしてきた藤原氏の力が一時弱まった。


時は前後するが、養老二年（七一八年）聖武と光明子の子として阿倍内親王が誕生した。阿倍内親王は長女イノエより一つ年下である。さらに神亀五年（七二八年）、イノエの母親である県犬養広刀自が安積親王《あさかしんのう》を出産した。聖武天皇の第一子、基王子が亡くなった年に生まれた安積親王は、唯一の皇子で皇太子の最有力候補であり、天皇も跡取りを得て、ようやく安心を取り戻した。

安積親王は、周囲の期待に応えて成長していく。人の話をよく聞き、歌や読書にも意欲的に取り組んでいた。

ある時、十一歳離れた実の姉が、長い期間伊勢斎王として都から遠い伊勢にいることを聞き、まだ会えぬ姉を思ってイノエのために写経を行うなど、優しい気持ちも表していた。また、すでに歌人として名を馳せていた大伴家持は、教育係として親王に深く関わっていたが、親王の賢さや、他を想う心などが、将来の天皇としての大切な資質をすぐに身に付けようとしていることを感じ、期待を持って教育に取り組んでいた。

しかし、勢力の拡大を図る藤原一族は、天平十年（七三八年）藤原光明子の子である、阿倍内親王を皇太子に指名するべく動き始めた。それまで女性の天皇は存在したが、初めて女性の皇太子を指名する「立太子の礼」を行った。藤原氏はそれまでの先例を無視して、強引に女性皇太子を誕生させた。

聖武天皇は男子である安積親王を皇太子と考えていた。

このころ、亡くなった藤原四兄弟に代わって、天皇の周辺には、かつて遣唐使の一員として大陸に学んだ吉備真備や玄昉といった寵臣が活動を始める。しかし、このことは藤原四兄弟を失った一族にとってまことに苦々しいことであった。

彼らは唐からの帰国の際に多くの経典や文物、並々ならぬ学識を持ち帰って聖武天皇の信頼を勝ち得た。玄昉は、天皇の母宮子の病を祈禱で平癒させた。真備は唐から帰った時は従八位下であったが、三年間で従五位上にまで昇進した。

彼らの躍進と反比例する形で藤原一族は落ち目になっていた。藤原不比等の孫にして宇合の子である藤原広嗣は、大宰府に赴任していたが、天平十二年（七四〇年）八月末、真備と玄昉を退けるべきとの上奏を行った。九州はその前年に飢饉と疫病に襲われていたが、このような天災は政治が悪いから起こるのであり、それは真備、玄昉のような者を重く用いているからである。

そして九月三日、広嗣が兵を動かしたとの報告が朝廷にもたらされた。聖武天皇は「これは謀叛である」と断じて大野東人《おおののあずまびと》を将軍に任じて一万七千の兵を与えて広嗣討伐にあたらせることにした。

広嗣の軍勢は九州各国の正規の軍団や豪族の手勢を含んでいて一万余であった。二十二日、将軍大野東人は、四千の先兵と共に九州に上陸した。そこから前進をして相対した広嗣方の軍勢を打ち破る。広嗣方の指揮官数人が戦死、約二千人が投降した。その後、朝廷からの帰順工作もあって広嗣軍から脱落して投降する者が相次いだ。

十月九日になると広嗣軍は決戦を挑んで進み出てきた。その兵力は一万、川を挟んで朝廷軍と対峙する。広嗣は自ら手勢を率いて筏を組んで川を渡ろうとしたが、朝廷軍は弓矢を使ってこれを阻止した。以後は川を挟んでの合戦となるが、朝廷方が「逆人広嗣に従いて官軍に抵抗する者は、直ちにその身を滅ぼすのみに非ず、罪は妻子親族に及ばん」と呼び掛けると広嗣軍は矢を射掛けるのを一斉に止めた。やがて広嗣が馬に乗って現れた。「勅使到来すと承る。その勅使は誰にあるか」と問い、佐伯常人、阿倍虫麻呂が名乗り出ると、広嗣は馬から降りて拝礼し、「広嗣は朝廷の命令を拒むものではない。ただ朝廷を乱している真備と玄昉を退けることを請うだけだ」と言った。しかし、では何故軍勢を起こして引き連れてきたのかと問われると、答えることができずに再び馬に乗ってその場から出て行った。

その後の戦局は不明である。朝廷方の総攻撃が始まる前に広嗣は五島列島まで逃走したが、十一月一日に朝廷方に捕らえられ、処刑された。

広嗣の乱が、聖武天皇に与えた衝撃は大きかった。天皇は平城京にあっても不穏な事態が起こるのではないかと恐れていた。

十月、広嗣の乱の最中、聖武天皇は突然都を離れて、伊勢近辺への巡幸を始める。途中頓宮を経由して各地を訪ねている最中に、乱が平定されたことを知る。やがて、天皇は山背《やましろ》の恭仁《くに》の地に至り、この恭仁を都とすると宣言した。しかし、恭仁京《くにきょう》への遷都を宣言し、それに合わせて都建設が始まったが、天皇は、巡幸をやめようとしなかった。

吉備真備と玄昉が藤原一族との対立を際立たせたのは、聖武の皇嗣問題であった。すでに皇位継承者として、光明皇后（光明子）が産んだ阿倍内親王が皇太子に立てられていたが、内親王が皇嗣になることの前例がないため、貴族たちの納得は得られていなかった。

しかも、他に皇子がいないのならともかく、安積親王という皇子がいて、この皇子に未来の天皇として期待を掛ける声が多かった。

天皇は、民衆のことに想いを寄せる詔をたびたび発している。

自分に力がないこと、どのようにしたら人民が安らかに暮らせるかなど思い悩んでいたが、災害が頻発し死亡者が多数発生しているので、神社では幣帛の頒布を行うこと、また、宮中の十五ヶ所において僧七百人に「大般若経」を転読させるなどと想いを形にした詔を発している。

しかし、このような行いをしても、天皇の願いは届かなかった。即位以来、あまりにも多くの問題があり、自分の思いとはならない結果に、政治に対する自信をなくしてしまった。


やがて、この混乱を救済するには、仏法に頼ろうとする気持ちが高まっていく。恭仁京への遷都の翌年、国分寺と国分尼寺を創建する詔を発した。

それは国ごとに僧寺と尼寺を建立し、五重塔を建て、『金光明最勝王経《こんこうみょうさいしょうおうきょう》』『妙法蓮華経』の写しをその寺に置き、毎月八日には僧尼に最勝王経を転読させる、という構想であった。飢饉や疫病の発生に加え、広嗣の乱で混乱が極点に達した中で発表されたものであるが、聖武は首皇太子の時代から、この構想を温めていた。

巡幸しながら遷都を次々と行う聖武天皇は、恭仁京に続き難波宮、紫香楽宮《しがらきのみや》と新たな都の造営を命じた。紫香楽宮の近くには甲賀寺という寺があり、聖武天皇はそこにあった仏像を見て「大仏造営」を思い立つ。平城京に戻り、直ちに東大寺に大仏造営の勅を発した。

天平十五年（七四三年）に藤原八束《ふじわらのやつか》は、新しい恭仁京に造った自邸で宴を開いた。招かれたのは、安積親王、大伴家持、それにイノエと一夜を共にしたあの市原王である。

藤原八束は、藤原一族の隆盛のみに力を注いでいたのではなく、周りの様々な人に気遣いするバランス感覚の優れた人であった。

八束の父は藤原四兄弟の三男、房前だが、母はイノエの母と同じ県犬養一族の県犬養三千代の娘、牟漏女王《むろのじょおう》という、この時代の貴族の力関係が拮抗している中での子であったことが深く影響している。この時のおおよその年齢は、安積親王十六歳、市原王二十五歳、家持二十八歳、そして八束が二十九歳であった。

四人が集まった八束の邸宅がある新しい都「恭仁京」で雨が静かに降る中、夜更までそれぞれが歌を披露した。

ひさかたの　雨は降りしけ　思ふ児が　宿に今夜は　明かして行かむ

（「万葉集」巻六 - 一〇四〇）

雨よ降ればいい、親しく思っている方の家に今夜はすごしていこう。

と家持が詠じた。

安積親王が成長するに従い、安積親王を聖武の後継にという期待が醸成されてきた中で、集まったメンバーであった。

翌年春には、活道岡《いくじのおか》に登って一株の松の下で宴を行った。市原王は、

一つ松　幾代《いくよ》か経ぬる　吹く風の　声《おと》の清きは　年深みかも

（『万葉集』巻六 - 一〇四二）

一本松よ、お前はどれほどの代を経たのであろうか。松吹く風の音が清らかなのは、経た年が長いからか。

と歌った。

皇嗣を巡る様々な想いが渦巻いていたが、市原王がこの歌に託したのは、「今、藤原一族に頼って過ごすことが良い。絡まないように過ごしましょう。今はとがめが強く手強いので手に負えない」との思いが込められている。

これに続いて大伴家持は、

たまきはる　命は知らず　松が枝を　結ぶ心は　長くとぞ思ふ

（『万葉集』巻六 - 一〇四三）

人の命は、この松に比べるとはかり難いものだが、この松を結ぶ私たちの気持ちは、命長かれと願ってのことだ。

と詠じた。

このように、宴会や歌を通じて彼らの思いは重なっていった。

しかし、この集いのすぐ後、天皇の供をして難波宮に向かった安積親王は急に体調を崩し、恭仁京に引き返したが、二日後に亡くなってしまう。その死が突然だったため、その死に疑問を感じる人は多かった。

後の世では、藤原四兄弟の一人武智麻呂の子である、藤原仲麻呂によって毒殺されたという説も根強い。

天皇の子といえども藤原家とのつながりの薄い県犬養広刀自を母に持つ安積親王は藤原一族にとってどうしても受け入れられぬ存在であったのか。

安積親王を悼む声は、大伴家持によって『万葉集』にいくつもの歌を残している。

わご王《おおきみ》　天知《あめし》らさむと　思わねば　凡《おお》にそ見ける　和豆香《わづか》そま山

（『万葉集』巻三 - 四七六）

わが大君が天をお治めになるとは思いもしなかったので、気にも留めずに見ていた和豆香の伐採の山なのに……。

今まで気にも留めなかった和豆香山なのに親王の眠る特別な場所となったと悲しんでいる。

もう一首、

大伴の　名に負《お》う靫負《ゆぎお》ひて　万代《よろず》に
憑《たの》みし心　何処《いずく》か寄せむ

（『万葉集』巻三 - 四八〇）

和豆香山にある安積皇子の墓

大伴の名に相応しい靫〈矢を背負う道具〉を背負って万代にお仕えしようとしていた思いを、どこに寄せれば良いのでしょうか。

と素直な気持ちを『万葉集』に載せている。

聖武が天皇として民を思い、様々な施策を実行して督励したが、民の困窮を助けることにはならなかった。

また、皇族や貴族の対立は深まるばかりであった。それは天皇自身がその出生と結婚に、特に藤原氏との強い関係を持っていることが、それだけで政治勢力の対立を生み出す要素であったからだ。

聖武天皇が、仏教への深い傾注によって民の幸せを願い、政治勢力の融和を望んだが、思いとは違う方向に進んでしまった。

第十一章　イノヱの斎王退下

突然イノヱに斎王退下《たいげ》の勅が下った。

天平十六年（七四四年）一月十三日、次の天皇として期待の大きかった安積親王の突然の死が、退下の理由である。イノヱの弟であり、いまだ見ぬ姉を思って写経を行うような優しい気持ちの持ち主であったが、イノヱとはついに会えぬままの別れであった。

斎王として十七年間、この斎宮で生活していた。自然の中で神に近づく気持ちを持てたこと、農民や海の幸を手にする多くの人たち、斎宮で働く長官以下の男官、乳母、命婦などの女官や警護の兵士、召使いなどの多くの人たちから支えられ、慕われていた。また、七弦琴を巧みに弾きこなす力量を身に付けたのもこの斎宮であった。

あの市原王との一夜の出会いは、恥ずかしいことだが、激しく狂おしく、身を揺さぶられる出来事だった。

供として付き従う者、家族とともに残る者が、互いに別れを惜しんでいた。やがて警護の者を先頭に立て、一行は隊列を整え、都を目指して出発した。帰りは、行きの街道を逆に辿り、頓宮に宿を取りながら五泊六日の旅であった。

そのころ、都では父聖武天皇がたびたび遷都を行っていた。恭仁宮、難波宮、紫香楽宮そして平城宮へ戻ってくる。この間それぞれの宮の建設を行うが、天皇は遷都を宣言しても、新しい都に移ってしまう。これに従う皇族、貴族も大変であった。

イノエが平城京に帰った時には、聖武は難波宮に滞在していた。しかし、母である県犬養広刀自とは会うことができた。イノエの弟である安積親王が十七歳という若さで亡くなり、母広刀自は力を落としていた。少しやつれていたが、イノエの元気な様子に気持ちが少し明るくなり、夜遅くまで話は尽きなかった。しかし、最後に声を潜めて藤原一族の野望のこだわりについて話し始めた。

つい四年前、天平十二年（七四〇年）に、藤原広嗣の乱が起きたが、今度の安積親王の死が、あまりに急で不自然なところもあったことから、藤原仲麻呂に毒殺されたという噂が密かに流れていた。仲麻呂は藤原一族の中で、藤原四兄弟の一人、武智麻呂の息子である。

しかし、この時点では、不比等はすでに亡く、武智麻呂、房前、宇合、麻呂の四兄弟も天然痘により相次いで亡くなり、朝廷政治は、藤原一族に代わり、橘諸兄《たちばなのもろえ》に移っていた。橘諸兄を中心とする政権運営の中で、遣唐使として渡唐経験のある吉備真備、僧玄昉をブレーンに聖武天皇を補佐していた。仲麻呂はこの中にあっても、叔母の光明皇后（光明子）の信頼が厚く、順調に昇進を果たしていた。

イノエの日常は、自室に祭壇を設け毎日祈りを捧げ、気持ちの平安を得ることを欠かさなかった。そして腕を上げた七弦琴も好んで奏した。

天皇以下親王、内親王などの皇族、そして藤原氏、橘氏など貴族は、朝議に出席することが義務づけられていた。もちろんイノエも出席していた。この場では、各地域の課題や唐や韓半島各国などの動向も常に話題になった。

しかし出席者の一番関心事は、昇進と褒賞であった。朝議では頻繁に昇進が発表され、出席者が一喜一憂していた。天皇巡幸の際は、多くの地方官僚、百済や唐から来日し、自らの技術伝承のためにその地に定住している人々、さらに各地の民の善行を聞き、それに対して褒賞を遣わした。この位階と褒賞制度は、権威と権力を天皇に集中し、天皇を中心とする国家体制の確立を図るのには必要なものであった。

話はフランスの絶対王政に飛ぶが、ルイ十四世は貴族たちをベルサイユの王宮に住まわせ、領地に戻らせず、貴族たちとの毎日の生活では、面倒な作法を押しつけ、国王から下賜される栄誉や年金の増額を与え、競わせる。そのため貴族たちは、自分の領地経営をほったらかしにして、宮殿での常駐を余儀なくさせられた。

このように、洋の東西を問わず権力の維持にあたっては、付き従う者たちの栄誉や欲望を満たすことが不可欠であった。

二十八歳のイノエは、長い間伊勢にあって、祈りや自然と触れ合う生活、そして音楽から得られ、蓄えられたものがちょっとした仕草や表情に現れていて、その美しさが際立っていた。あの市原王をはじめ、皇族、高位の貴族の好奇な目が関心の高さを示していた。

朝儀に参加する多くの皇族や貴族たちは、律令の「衣服令」により、位階を表わす服装が決められていたが、その中にあって、イノエは従来単一色でつくられていた裳《も》（スカート）を紫赤黄緑青の五色の絹をつなぎあわせたものに仕立て、さらに領布《ひれ》（ストール）は文様をおりこんだ薄絹でできたものをはおっていた。彼女は伊勢にあって、斎王として多くの人から慕われ尊敬を持たれていた中で、見られていることに慣れていたのだ。

それに聖武天皇の長女であり、これまで女性が天皇の位に就くことは珍しいことではなかった。王族や貴族の間では、イノエが次期天皇になるのでは、という噂が立つのは不自然ではなかった。しかし、イノエはそんな噂を意に介さず朝儀に参加し、父の振る舞いを見、取り巻きの太政官の議事を聞いていた。

ただこの時、妹の阿倍内親王が天平十年（七三八年）に立太子していた。これは藤原一族、とりわけ光明皇后（光明子）の強い後押しがあって実現したのだった。

そんな中で、イノエの結婚相手が取り沙汰されていた。一人は塩焼王《しおやきおう》で、天武天皇の子である新田部皇子の息子である。聖武天皇に仕え、伊勢や紫香楽宮行幸では、取りまとめ役として長官を務めるなど天皇の信頼を得ていた。

塩焼王は、直に話すことはできなかったが、少なからずイノエに好意を抱いていた。貴族たちの間で噂が聞かれるようになると、さらに熱を上げることになったが、誰も仲を取り持ってはくれなかった。ところが、塩焼王が突然捕まり、獄に繋がれてしまう。紫香楽宮遷都に反対したためである。これが天皇の怒りを買い、投獄後には伊豆国に配流となって、思いを遂げることは叶わなかった。しかし、しばらくして配流が解かれると、イノエの妹である不破内親王を妃として迎えることになるのだが。

もう一人は安宿王《あすかべおう》で、天武天皇の孫、長屋王の五男である。父長屋王は、長屋王の変で妻の吉備内親王とその子どもたちとともに自殺したが、安宿王は母が藤原不比等の娘（藤原長娥子《ながこ》）であったことから罪を免れていた。

藤原四兄弟が相次いで疫病により亡くなると、急遽政権の業務を拝命し、玄蕃頭《げんばんがしら》、治部卿を務めている。この安宿王は、長屋王の子にしては、短慮で落ち着きがなく、早合点の多い人であった。噂に立っていたが、イノエの目にも好ましい人物とは映らなかった。

第十二章　孝謙天皇の治世

天平勝宝元年（七四九年）、日ごとに体の衰えが重なっていた聖武天皇が譲位し、自身の子の中からイノエの妹である安倍内親王を後継として指名した。

すでに皇太子として即位していた阿倍内親王ではあったが、天皇となるには、母光明皇后をはじめとする藤原一族の強い巻き返しがあった。

藤原四兄弟亡き後、橘諸兄をリーダーとする政権運営がなされていたが、天皇後継者の選定にあっては、藤原一族が力を存分に発揮した。そして阿倍内親王は、孝謙天皇として大極殿で即位した。

七月二日聖武天皇は、大納言を通じ次のように詔した。

聖武天皇が御命《おおみこと》として宣べられるお言葉を、皆承《うけたまわ》れ、と申しのべる。

「平城《なら》の都で、天下を治められた天皇（元正）が仰せられたことには、口に言うのも恐れ多い近江の大津の宮で、天下を統治された天皇（天智）が、〈不改常典（改めることがあってはならない皇位継承の掟）〉として、初めて定められた法に従い、この天津日嗣高《あまつひつぎたか》御座《みくら》の業《わざ》は、朕の大命であるから、あなた（聖武）が嗣ぎなさい、治めなさい」

と仰せられた御命を、恐れ多いものとして受け賜わり、天下を治めている間に、万機が数多く重なって、お体がそれに堪えることができないので、法に従って天津日嗣高御座の業は、朕の子である王（阿倍内親王）にお授けになると仰せられる天皇の御命を、親王たち・王たち・臣たち・百官の人たち、及び天下の公民は、皆承れと申しのべる。

この後、孝謙天皇の詔を大納言が読み上げた。天皇（孝謙）の御命として宣べられるお言葉を皆承れ、と申しのべるに、

「口に申すのも恐れ多い我が皇《おおきみ》の天皇（聖武）が、この天津日嗣高御座の業を、お受けしてお仕えせよ、とお授けになったので、頭上に高くお受け申してかしこまり、進むことも退くことも分からず、ただ恐れ多く思っておいでになる天皇の御命を、皆承れと詔される。

このようなことで御命として仰せ下さるには、朕は拙く愚かであるが、親王たちをはじ

め、王たち・臣たち・皆々が、天皇の朝廷が立てられた国を治めていく政治を、謹んでお受けし、明るく浄い心を持って、過ち落とすことなく、助け仕えまつることによって、天下は平かに安くお治めになり、お恵みになることができるのであると、神として思うのであると、仰せ下される天皇の御命を皆承れ」

と仰せられた。

このような、まわりくどい言い回しで「不改常典」を引用しながら、王位継承の宣言を行うのには、正統な皇太子ではあるが、初めての女性皇太子であることに加え、キングメーカーとして力を蓄えた藤原一族の影響があった。

この日、天平感宝元年をあらためて天平勝宝元年とした。

孝謙天皇には、母光明皇太后が後見人として補佐した。しかし、女帝は独身か未亡人であるのが通例であり、孝謙天皇も独身で皇位継承の見通しが立たないことから、不安定な王権維持が、孝謙即位から崩御後まで続くことになる。

光明皇太后は後見役強化のため、新たに紫微中台という組織を作った。今でいえば内閣府のような組織で、紫微中台は皇太后の命令を実行に移し、兵権を発動する権能を有していた。

さらに、長官には藤原仲麻呂を指名した。藤原仲麻呂は、亡くなった藤原四兄弟の長男武智麻呂の息子である。天平十六年（七四四年）の安積親王（イノエの弟）毒殺の疑いを持たれているものの、光明皇太后の信頼を得て、着実に昇進を果たしていった。

やがて、その権勢は橘諸兄政権を圧倒し、光明皇太后と仲麻呂の政権が確立していった。こうした仲麻呂の台頭に不満を持ったのが、橘諸兄の子の橘《たちばなの》奈良麻呂《ならまろ》であった。

もともと次期皇位継承の見通しの立たない女帝を支持しない派閥行動の中で、リーダーとなっていた橘奈良麻呂は、天平宝字元年（七五七年）に孝謙天皇を廃して新帝を擁立するクーデターを計画したが、事前に察知した仲麻呂により関係者は捕らえられ厳しい尋問を受け、その結果耐えられず絶命した。

この事件に連座して流罪、徒罪《ずざい》、没官などの処分を受けた者は、四百四十三人と多数であった。

この大粛清は、仲麻呂の厳しい詰めも感じられるが、孝謙天皇の地位の危うさと自身の残酷さが現れたものであろう。

一方、イノエは、ある王の勧めで結婚することになった。相手は白壁王といい、天智天皇の孫にあたる人物であったが、歳が八つ離れていることはいいとしても、はっきりとした物言いをせず、時々恨みがましい表情やこだわりを根に持つ性格が、徐々に見えてきたのは、結婚してしばらくのことであった。

そんな中でも子宝に恵まれ、天平勝宝六年（七五四年）、三十八歳の時、酒人《さかひと》内親王を、さらに四十五歳の高齢出産で他戸《おさべ》親王をもうけた。

腹違いの妹である孝謙天皇は、天平宝字二年（七五八年）、病気の母である光明皇太后に仕えることを理由に大炊王、のちの淳仁天皇に譲位した。

淳仁天皇選定にあたっては、橘奈良麻呂を中心とするクーデター計画の事前察知により、先手を打った孝謙天皇と藤原仲麻呂の紫微中台政権が、かろうじて勝った。この結果、仲麻呂はさらに権勢を振るうことになる。

ところが天平宝字四年（七六〇年）、光明皇太后が崩御すると、孝謙上皇が病に伏せってしまった。原因の一つに、長い間一人で大きなストレスを抱えた生活を送っていたことにある。

この看病にあたったのが僧・弓削道鏡《ゆげのどうきょう》である。道鏡は若い時から禅を学び、梵語（サンスクリット語）にも理解があった。禅に通じていたことで、内道場（宮中の仏殿）に入ることを許され禅師に列せられた。

孝謙上皇の傍に接し、全身全霊で快癒を図った。記録によれば、道鏡は体中に汗をかき、時には唸り声を上げながら治療にあたったとある。その真剣さに心を許し、身を任せてしまうことになったのは、孝謙上皇が独身で長い期間の孤独による心身の病が徐々に癒されて、ついには道鏡を寵愛するようになってしまったことによる。

やがて孝謙上皇は、道鏡を常に傍に置き、破格の待遇を与えることになる。淳仁天皇はたびたび上皇に対し、道鏡を遠ざけるよう意見を述べたために孝謙上皇と淳仁天皇の関係は微妙なものとなった。光明皇太后という後ろ盾をなくした藤原仲麻呂も淳仁天皇を支えるのに精一杯で、孝謙上皇に近づくこともできなかった。

天平宝字六年（七六二年）六月三日、孝謙上皇は、五位以上の官人に対し、

「朕は淳仁を今の帝として立てて、年月を過ごしてきたところ、淳仁は朕にうやうやしく従うことなく、外人《そとびと》の仇を言うような、言うべからざることをも言い、なすまじきこともしてきた。

およそ、このようなことを言われるべき朕ではない。

これは朕が愚かであるために、このように言うのであろうと思うと恥ずかしく、みっと

もなく思う。

また、一方では朕に菩提の心を起こさせる仏縁であるのかとも思われる。

そこで朕は、出家して仏弟子となった。

ただし、政事のうち、恒例の行事など小さいことは、今の帝が行われるように。

国家の大事と賞罰の二つの大元《おおもと》は、朕が行うこととする」

と宣言した。

この後、道鏡や吉備真備といった孝謙派が要職に就く一方で、仲麻呂の子たちが軍事部門に就くなど、孝謙上皇と淳仁天皇・仲麻呂の覇権争いが表面化していく。

天平宝字八年（七六四年）九月十一日、仲麻呂が軍事準備を始めたとの密告通知を受けた孝謙上皇は、淳仁天皇の下に人を派遣して皇権の発動に必要な御璽《ぎょじ》（天皇の印）と駅鈴を回収させた。さらに孝謙は勅して仲麻呂一族の官位を奪い、藤原の氏姓の剥奪及び全財産の没収を宣言した。このことを知った仲麻呂は一族を率いて平城京を脱出、彼の地盤となっていた近江国を目指した。孝謙上皇は当時造東大寺司であった吉備真備を召して仲麻呂誅伐を命じた。かつて朝廷の要職を歴任した真備だが、在唐中に取得した軍学の知識を買われて任じられた。

仲麻呂の行動を予測した真備は、部下の一団を先回りさせて勢多橋《せたのはし》（瀬田の橋）を焼いて、東山道への進路を塞いだ。仲麻呂はやむなく子息辛加知《しかち》が国司になっている越前国を目指し、琵琶湖西岸から北進する。淳仁天皇を連れ出せなかった仲麻呂は、新田部親王の子で塩焼王が臣籍降下した氷上塩焼《ひがみのしおやき》を同行して「今帝」と称して天皇に擁立し、奪った太政官印を使って太政官符を発給し、諸国に号令した。二つの朝廷が並立したため、孝謙側は、仲麻呂を討ち取った者に厚い恩賞を約束するとともに、諸国には太政官印のある文書を信用しないよう通達した。

九月十八日、増援が加わった討伐軍によって海陸から激しく攻められた仲麻呂軍は、ついに敗れた。妻子と共に琵琶湖に船を出して逃れようとした仲麻呂は討伐軍軍師に一家もろとも斬殺された。

この時の太政官は、太政大臣仲麻呂、中納言白壁王（イノエの夫）、氷上塩焼、藤原永《ふじわらのなが》手《て》、藤原八束《ふじわらのやつか》、参議藤原巨勢麻呂《ふじわらのこせまろ》、藤原久須麻呂《ふじわらのくすまろ》、石川豊成《いしかわのとよなり》、藤原朝狩《ふじわらのあさかり》、大中臣清《おおなかとみのきよ》麻呂《まろ》などであった。このうち仲麻呂一派に加わって行動を共にしたのは、氷上塩焼、藤原巨勢麻呂、藤原久須麻呂、藤原朝狩で討伐軍に殺害されている。

孝謙は、自身への協力を取り付ける証しとして、十一日から十一回も叙位を乱発している。このうち最も早い十一日に叙位を預かったのは、藤原永手という人物で、この後の孝謙の期待の大きさと、永手が孝謙派の中心的存在になったことを示唆している。

さらに十月九日には、淳仁天皇を廃して淡路島に流刑とした。『続日本紀』には、この天皇のみ「廃帝　淳仁天皇」と表題がつけられている。このことで孝謙上皇は事実上、皇位に復帰した。

この時、元号を改め、天平神護元年（七六五年）とした。孝謙上皇は称徳天皇として重祚《ちょうそ》した。

道鏡を離さず、むしろ重用して政務を行っていく。道鏡を太政大臣禅師に任じ、本来臣下には行われない群臣拝賀を、道鏡に対しても行わせた。翌年には道鏡を法王とし、法臣、法参議という僧の大臣が設けられ、道鏡の勢力が拡充されていった。

一方で、称徳天皇は些細なことにも厳しく、疑わしい者に極刑を科したため冤罪もあったようだ。

イノエの夫である白壁王は、天皇の嫉妬を恐れて酒浸りを装って難を逃れようとしていた。

さらに元号が、神護景雲と改められた三年（七六九年）になり、

「道鏡が皇位につくべし」

との宇佐八幡宮の託宣を伝える者が現れた。

これを確かめるべく、和気清麻呂を勅使として送ったが、清麻呂は、この託宣は虚偽であると復命した。

これに怒った称徳天皇と天皇の地位を渇望していた道鏡に和気清麻呂は、左遷させられ、さらに大隅国に配流された。

この事件で天皇の地位をも狙っていた道鏡に忖度した大宰府の主神《かんづかさ》と較べて、職を賭してこれを正しく報じた和気清麻呂との人格の差が際立つ。

翌年三月に称徳天皇は、発病し、病臥することになる。この時、看病のために近づけたのは女官だけで、道鏡は崩御まで会うことが赦されなかった。称徳の道鏡への想いも、病の底で失われていった。道鏡の権力はたちまち衰え、藤原永手や吉備真備が中心となって政権運営がなされた。

八月四日、称徳天皇は崩御した。天皇は生涯独身であり、子をなすこともなかった。直ちに藤原永手、藤原宿奈麻呂《ふじわらのすくなまろ》や吉備真備ら群臣が集まって評議し、白壁王を後継として指名する「遺宣」が発せられた。これは評議の結果であり、称徳の意思はなかった。

第十三章　光仁天皇

白壁王は天智天皇を祖父とし、一方、イノエは天武天皇―草壁皇子―文武天皇―聖武天皇と続く天武天皇の直系である。この時点では、皇族として最高の夫婦であった。

さらに、この夫婦の間に生まれた酒人内親王と他戸親王は、天智、天武両方の血を引き継ぐ、理想的な「選ばれた者」であった。

宝亀元年（七七〇年）十月、白壁王は、光仁《こうにん》天皇として即位する。六十二歳の天皇即位は、今もって最高齢である。

イノエ、五十四歳。さらに十一月には、イノエを皇后として定め、翌年一月には他戸親王を立てて皇太子とした。

この時、太政官首班は光仁擁立に功績のあった藤原永手。亡くなった藤原四兄弟の次男房前の子で、光仁即位のその日に、正一位を授けられている。政権は他に、吉備真備、大中臣清麻呂、石川豊成などで構成されていた。光仁天皇が即位したのは、永手の力によるものとして、その後も頼りにしていた。

しかし、永手は翌年病に倒れ、急死してしまう。光仁は最も頼りにしていた永手を失って悲しみにおそわれたが、政務を停滞させることはできず、大中臣清麻呂に大臣の政務を代わって執り行わせた。


これまで女性天皇は、六人七代（孝謙、称徳は重祚）おり、男系天皇を旨としている中での女帝の登場は、異例ではなかった。しかし、孝謙・称徳時代は、度重なる政変と懲罰の厳しさで、貴族たちは辟易とさせられていた。

イノエ皇后は、聖武天皇の第一子で元斎王であり、この時の皇族の中では、その立場は極めて特異であった。

結婚した時、白壁王は、すでに百済からの渡来人の血を引く高野新笠《たかののにいがさ》と暮らしており、子、山部親王ももうけていた。渡来人が差別されていたわけではないが、その立場は、イノエとは比べるべくもなかった。

歳上で活力が少なからず感じられない光仁が亡くなった場合、イノエが即位する可能性があった。あるいは皇太后として、他戸皇太子を後見する立場でもあった。多くの公家、王族はイノエの振る舞いを見ていた。

そのような時、参議のメンバーに抜擢された男がいた。藤原百川《ふじわらのももかわ》という。父は藤原四兄弟の宇合であり、その能力を認められ、参議入りを果たしていた。光仁天皇も、百川の政務処理の的確さに一目置いており、信頼を寄せるようになった。

百川は、他の貴族たちと同じように、イノエのことが気になって仕方がなかった。光仁の信頼は得ているものの、光仁から話されるイノエのことを聞いて、二人の関係は今どうなっているのか、また、イノエが日常生活を営んでいる様子を想ってみたりした。

しばらくして、百川は思い切ってイノエに、一度会ってお話がしたい、と書いた文を届けさせた。しかし、何日待っても返事をもらうことはなかった。何度か文を出してみたが、相変わらず返事はなかった。

政権を運営する上で、関わらない話はない百川であったが、その心のうちでは、イノエへの思いが伝わらないことが気持ちを苛立たせ、やがてイノエを恨めしく思うようになっていた。

そんな時、朝議が終わった後の立ち話で「イノエ皇后が夫の光仁天皇を呪詛《じゅそ》しているのではないか」という話がささやかれていた。

「呪詛」というのは、三省堂古語辞典によれば、〈恨みのある人に災いがかかるように神仏に祈ること。呪い〉とある。

イノエは斎王退下以来、毎日自室で祈りを行うことを日課としていた。特に皇后となってからは自身の心の平安を得ることにとどまらず、民を含めた多くの人々の幸せを願う気持ちの現れでもあった。

しかし、この祈りの行いを他の人が見ても、イノエが何を願っているか、心の平安を求めていることなのかどうかは分かり得ない。イノエが斎王として勤め上げた実績は、輝かしいものであるし、皇后として、皇太子の母として存在していることが、他の人たちに憧れと畏れを抱かせることになっていた。

奈良時代では、流行病や天災の多発に対して、祈りを捧げることは普通のことであった。得体の知れないこれらのことに恐れを抱き、呪われていると感じることも多かった。イノエの行いを、悪意を持って見てしまう人々が、これを呪詛と誤解することは容易に想像できる。

そこで百川は、部下の裳咋足嶋《もくいのたるしま》にイノエの行為を確認するよう命じた。するとイノエ皇后が光仁天皇を呪詛している、と告げてきた。百川は、イノエに惹かれている気持ちを整理ができないまま、自分の気持ちを置いて、光仁天皇にその報告を上げたが、天皇は取り合わなかった。

最近イノエとは接触はないものの、元斎王のイノエが、毎日祈りを捧げていることは知っていた。

そこで百川は、新たな証拠探しをするよう足嶋を呼んで命じた。すると、足嶋はすぐに新たな証拠として、ヒト形に切り抜いた紙を持ってきて、「これを使って、光仁天皇への恨み言を唱えていると聞きました」と伝えた。

これを光仁天皇に報告すると、天皇は信頼している百川の訴えを聞かないわけにはいかず、この行為を巫蠱《ふこ》（人を呪うこと）の罪として、皇后の地位を廃せざるを得ないことになった。天皇は、イノエの呪詛の事実もにわかに信じられなかったであろうし、皇后を廃することも自分の意に染まぬことであったが、信頼している百川の半ば強引な物言いに抗することもなく、廃后を認めてしまった。

宝亀三年（七七二年）三月二日、光仁天皇は朝議の場において、皇后を呪詛の罪で、その地位を廃することを詔した。続いて五月二十七日、皇太子他戸王を廃して庶人とした。皇后が廃されたので、その子どもは、皇太子としておくことはできない、と次々と決まっていくことになる。

結局、光仁は自分の妻、子を自分の意思に染まない形で引き離されることになってしまう。百川は事の重大さを分かっていながら、進めていった。

そして、イノエの最初の子どもである酒人内親王を伊勢斎王に任じ、翌年、宝亀四年（七七三年）正月には、高野新笠の息子山部親王を立てて皇太子とした。

さらに十月十九日、イノエと息子他戸王を大和国宇智郡にある没収した官の邸宅に幽閉した。

光仁天皇は、このことで自分の妻と子を失うが、命を狙われて恐怖に怯えていたことを自らに言い聞かせ、なんとかその事実を飲み込もうとしていた。

第十四章　五條市

　ＪＲ西日本和歌山線の五条駅は奈良県五條市の中心駅だが、五條駅ではなく、五条駅と記されている。駅前は、他のＪＲ地方駅と同じように、タクシーが何台か客待ちをしていて、レンタサイクルの店や、ちょっとした食事を出す店が並んでいる。五條市は観光案内所をここに置いていて、市内観光の案内やイラスト入りのパンフレットを置いている。

　平田清は、これまで何度か訪れたことのある五條市に久しぶりにやってきた。観光案内所に立ち寄り、初めて見る分かりやすい道案内に沿って、レンタサイクルでゆるゆると走り始めた。奈良時代、ここは大和国宇智郡である。

　五條市のパンフレットには、イノエに関係する何ヶ所かの場所が示されていた。没官宅跡、御霊神社、井上皇后陵墓、他戸親王陵墓などを見ることができる。平田はまず最初に

イノエが幽閉されていた没官宅跡と思われる場所にある小さな社

没官宅跡を訪れることにした。

　没官宅跡の小さな社には、手書きの案内が事細かに書かれていて、綺麗に掃除がなされており、水を汲んだ小さな器や小石を積み上げたものが置かれていて、この地の人たちが、今もイノエに想いを寄せてお守りしている様子が伝わる。

　途中の家の土塀は黒く塗られている。これはイノエの夫・光仁天皇の即位前の名が白壁王で、白い壁が夫のことを思い出させ、イノエの心を痛めないようにという人々の心遣いと言われている。

　井上皇后陵墓は「宇智陵《うちのみささぎ》」とも呼ばれているが、柿畠の間をゆっくりと登り、柿畠を管理している民家を過ぎると、目の前にいき

井上内親王　宇智陵

なり陵墓の門扉が現れる。周りは、雑草など綺麗に刈り取られ、手入れが行き届いている。やはり五條の人たちの優しい気持ちなのか。

＊　＊　＊

イノエと他戸親王は、没官宅に幽閉され、小さな部屋で着物は一枚、食事は一汁一菜で過ごした。この時のイノエの気持ちは、どのようなものだったのだろう。イノエと親王にとっては、身に覚えのない罪を宣告されたことになる。

「私は何をしたのだろう。自分のしていることが、他の者にはどのように映ったのか」

毎日神に祈ること、日々の一挙一動は皆が

注目していた。多くの民が疫病や日々の生活の中でやっと生きていたが、七弦琴を奏で過ごす様子は、憧れを持って見られていた。

『万葉集』に載るような歌は残していないが、琴を奏する技は、人を感動させる技量があった。時には悲しげに、ある時は明るく弾き分けることができた。

夫である光仁天皇は、優柔不断で何を考えているのかよく分からないところがあったが、普段の日々は、子どもである酒人《さかひと》内親王と他戸親王と過ごしていた。

イノエの妹である称徳天皇は、藤原仲麻呂の乱に際して多くの人を殺し、生かされた罪人には不名誉な名前を名乗らせて位階を下げ、心を傷つけたりしたが、イノエは、そのようなことはしていない。誰にも危害を及ぼしたりしていない。自分たちが幽閉されたのは、次期天皇として光仁と高野新笠の子である山部親王を擁立するためだったのかとイノエは思う。

では、光仁天皇はどうすることもできなかったのか。

イノエに対して、ちょっとした不信感を抱くこともあったかもしれないが、それは血の通わない鉄面皮の為政者と思われてもしかたのない人物に映るのである。あるいは嘘と思われる事実を積み重ねられた結果として、暗殺指示に首を縦に振ることになったが、この暗殺指示を唯々諾々と受け止めたのかもしれない。

　身に覚えのない罪で、命を奪われる理不尽な行いは、夫が自分をそこまで憎んでいたのか、あるいはそうではなく、自己主張のできない男が、藤原百川にそそのかされたのか、イノエは死を目前にして強い憤りを感じるが、さらに時が過ぎ、やがて深い絶望へと落ちていくことになる。

　自分と息子は、どうしてこんな所に押し込められ死ぬことになるのか。他の人に、悪いことをしたわけでもないのに。娘の酒人内親王にも会えなくなってしまう。心の中に大きな寂しさが募ってきた。今まで考えもしなかった死について、漠然とした恐怖を感じる。

　死んだらどうなるのだろう。死後の世界はどんな所なのか。この狭い没官宅の前には、二人の屈強な兵士が交代で日夜分かたず警備にあたっている。いつ殺されるのかはっきりしないが、時々我々親子の様子を見守っている。食事の世話をしながら、私たちの気持ちを推し量るように声を掛けていた。イノエも、彼らには自分たちの今までのことを、ぽつぽつと話し始めていた。しかし、話をしていても、確実に死の宣告を受けることになることはイノエだけでなく、警備の者もはっきり悟っていた。

死んでしまえば、すでに斎王となって伊勢に一人旅立ってしまった酒人内親王とも会えなくなってしまう。自分と同じ斎王となって過ごしていく娘には、困難を乗り越え成長してほしいと願った。

宝亀六年（七七五年）四月二十七日、二人に処刑命令が届く。警備の者とイノエとは、二年半余り顔を合わせていたのであり、二言三言声を掛け合う間柄にもなっていた。警備の者も気は進まないが、今日、命を奪うことを二人に伝えた。

イノエと他戸親王は手を縛られ、刑吏に背中を向け、目を閉じた。一瞬、間があって刑吏は首の付け根から、袈裟懸けに大刀を振り下ろした。肩甲骨と肋骨は切ることはできたが、背骨の所で刀は止まってしまう。

その瞬間、イノエの意識は遠のきつつあり、同時に大量の血液が噴き出す。温かい血液が体外に出ていくのが分かる。やがて意識のある状態と、ない状態を繰り返し、だんだんと意識が遠のいていく。イノエの隣で、息子の他戸親王も、同じように下を向いて時々低い唸り声を出している。体がゆっくりと活動を停止し始めるのだが、耐え難い苦痛から解放される。

一瞬、考えることもあったかもしれない。立ち会っている警備の者たちも、二人の死の瞬間が近づいているのを凝視していた。やがて、ゆっくりと首が折れ、その場に倒れ込み、まず他戸親王が事切れ、しばらくしてイノエが亡くなった。死に顔を覗くと、二人とも透き通るような白い肌をして穏やかな顔を覗かせていた。黄泉の国に行くというのは、こういう穏やかなものなのかと、警備の者たちは感じた。

イノエ六十歳、他戸十五歳である。

百川は、イノエの呪詛を捏造して、結果として山部皇太子を桓武天皇として即位させることができた。しかし、強引な行動に反して桓武即位の前に亡くなってしまう。

イノエたちの殺害のあった後、七月には下野国（栃木県）都賀《つが》でネズミが大量発生し、草木の根を食べ尽くした。八月、伊勢、美濃、尾張の三国が言上してきて「異常な風雨があり、人民三百人余りと、牛馬千頭余りが流されて水中に没しました。さらに国分寺や諸寺の塔が十九基も壊れました。官人や個人の家にいたっては、数えられないほどであります」と語った。

この時代は、異常な災害の他にも、雹《ひょう》が降ったり、日蝕が起こったりすると、自然の脅威として畏れ、鎮めるために神社に幣帛を奉納したり、多くの僧侶が集まって経を読み上げたりした。さらに天皇は罪人に対し大赦を行った。

しかし、依然として異常気象や飢饉が続き、光仁天皇は、このことはイノエ、他戸を亡き者にしてしまったことの怨念と恐れるようになった。そそのかされたかもしれないとはいえ、二人の殺害を認めて、山部皇太子を次期天皇とすることが、光仁天皇の望みとして、どれほどの意味があったのか、今の時代から考えても理解できない。


宝亀八年（七七七年）の暮れから翌年にかけ、光仁天皇はイノエの遺骸を改葬し、その塚を「御墓」と称して墓守一戸を置いた。

当時の人々は、イノエと他戸の受けた理不尽な扱いに、強い怨念を抱いたまま、「怨霊」と化し、鬼となって現れてくるに違いない、という畏れを抱いていた。

このような怨念を鎮めるために、新たに御霊神社という社を各地に建てるようになったのは、しばらくしてからである。口にすることさえ恐れていた死後の世界は、現代の人々より、当時の人々の方がはるかに身近に感じていたのではないか。

怨霊を感じるのは、心の中である。世の中の事象を見て、自身の中でこだわっていた、または畏れていたことを思い起こし、身を低くして、その事象を避ける、あるいは忘れようとするのだが、それは心の中にあり、いつまで経ってもなくならない。そして、心の病を生じて、ついに体の変調を来すことになってしまう。

では、このことを克服するのに、毅然としてこれを無視するようなことができるかというと、これが心の中にあるものなのだから、どうしても追い出すことができないでいるのだ。

光仁天皇は、心の中の畏れを捨て去ることができないまま亡くなってしまうのだが、イノエの気持ちは、それまでの人生で得た祈り、七弦琴の演奏など、心の安定を保つ方法を持っていて、死に至る前までは穏やかだったに違いない。

あとがき

二年ほどかかってこの小説を上梓しました。私にとって初めての著作です。伊勢神宮を訪ねて、鳥居をくぐり、いくつかの白木の社殿を見て、松林や五十鈴川のほとりに佇んで静かに耳をすましていると、そこで神道の精神に触れたような気持ちがしました。何かを押しつけてくるのでもなく、ずっとそこにあるものに気持ちが寄せられていく。素直な気持ちでした。改めて自分は日本人なのだと感じました。

この時代の皇室のことが知りたくなり、調べ始めていた時、興味を惹かれたのが、主人公であるイノエです。それから天皇家の系図、藤原家の系図を見ながらイノエに関係する人物についてのイメージをふくらませ、文字にしていきました。

小説を書くにあたって、書き始めのきっかけとか、心持ちをリードしてくれるものはないかと、漁っているときに出会ったのが、スティーヴン・キングの一文でした。スティーヴン・キングの『書くことについて』という「自伝的小説」です。その中でキングは、「小説を書くにあたって登場人物さえ設定してしまえば、あとはその人物が勝手に筆を走らせてくれる」と記していて、私もそこまで考えたのだから、筆が走り出すと待っていたのですが、一向に走り出す気配がありませんでした。

仕方なく、章立てをしながら、一文一文考え考えして進めていった次第です。筆が速いといわれる大作家の人たちは、すでにこの境地に立ち、作品を量産しているものと思われます。池波正太郎さんも、何に書いてあったのか思い出せないけれども、自分の小説の登場人物が勝手に動き出すと記していました。

もう一つ、物語のイメージをふくらませることがありました。それは取材旅行です。斎王の群行の様子は、伊勢神宮近くの「斎王歴史博物館」で確認できましたが、ルートに沿って近鉄沿線のいくつかの駅で降り、旧街道や頓宮跡を尋ねてみました。頓宮跡には石碑が建っていて、ここで宿泊し英気を養ったことが想像できましたし、街道には当時のものではないかもしれませんが、古い街並みが残っていました。

しかし、「斎王歴史博物館」や文献を調べても平安時代の群行路は、はっきりしているのですが、イノエが通った奈良時代の群行路を、これに当てはめるには無理がありました。それは平城京と平安京の位置の違いです。そこで、平安時代の帰京路を奈良時代の群行路として記すことにしました。

近鉄沿線の頓宮周辺の町や、イノエが幽閉されていた五條市などでは、今でも住民の人たちは見守り続けて大切に施設を管理して、誇りにしている様子が感じられました。

偶然に出会ったのが、物語のもう一つの要素である、「七弦琴」です。ある時、動画配信サイトを漁っていると、今までに聴いたことのない演奏を目にしました。調べてみると、「七弦琴」は日本には遣唐使によって奈良時代にもたらされたこと、何よりも心を打つ特異な音色であることに気持ちが動かされました。イノエもきっと耳にしたであろうと想像し、イノエの嗜んだ楽器として、取り入れることにしました。

二〇二一年二月に親友が亡くなりました。彼とは学生時代からの付き合いでした。海外を含め何度も旅行をしたり、たまに会えば痛飲する間柄でした。

彼は外国人も含め、見ず知らずの人とも、すぐに打ち解け言葉を交わします。決して他人の悪口は言わず、相手をそのまま受け入れる懐の深い付き合いができる人物でした。彼には、この小説を読んでもらいたかったのですが、残念です。作中にある平田清（仮名）がその男です。

このような拙文が世の人にどう読まれるのか、不安とちょっとした楽しみでもあります。どうぞ感想をお寄せください。

二〇二一年十一月

齋藤秀樹

参考文献

『続日本紀　全現代語訳（上）』宇治谷孟訳　講談社学術文庫　一九九二年
『続日本紀　全現代語訳（中）』宇治谷孟訳　講談社学術文庫　一九九二年
『続日本紀　全現代語訳（下）』宇治谷孟訳　講談社学術文庫　一九九五年
『歴史天皇総覧』笠原英彦　中公新書　二〇〇一年
『斎宮―伊勢斎王たちの生きた古代史―』榎村寛之　中公新書　二〇一七年
『即位宣命の論理と「不改常典」法』熊谷公男　東北学院大学論文集　二〇一〇年
『奈良の都―その光と影』笹山晴生　吉川弘文館　二〇一〇年
『伊勢物語』石崎洋司　石崎書店　二〇一六年
『伊勢物語』坂口由美子　角川ソフィア文庫　二〇〇七年
『斎王研究の史的展開』所京子　勉誠出版　二〇一七年
『古代人「なるほど」謎解き百話』瀧音能之　東京堂出版　二〇一二年
『フィフティ・シェイズ・オブ・グレイ』E．L．ジェイムズ著　池田真紀子訳　早川書

房　二〇一二年
『古代日本の王権と音楽』西本香子　高志書院　二〇一八年
『日本琴學史』上原作和・正道寺康子編著　勉誠出版　二〇一六年
『うつほ物語』宮城秀之　角川ソフィア文庫　二〇〇一年
『あかねさす紫野―万葉集恋歌の世界』樋口百合子　世界思想社　二〇〇五年
『斎宮誌』山中智恵子　大和書房　一九八六年
『呪術と怨霊の天皇史』歴史読本編集部　新人物往来社　二〇一二年
『日本服飾史』増田美子　東京堂出版　二〇一三年
『共鳴する神々』ライアル・ワトソン他　みき書房　一九九四年
『妖怪文化の伝統と創造』小松和彦編　せりか書房　二〇一二年
『歌の起源を探る　歌垣』岡部隆志他、編　三弥井書店　二〇一一年
『口訳万葉集（上）』折口信夫　岩波文庫　二〇一七年
『口訳万葉集（中）』折口信夫　岩波文庫　二〇一七年
『口訳万葉集（下）』折口信夫　岩波文庫　二〇一七年

著者プロフィール

齋藤 秀樹（さいとう ひでき）

1944年生まれ
東京都世田谷区に在住

1966年慶應義塾大学法学部卒業
1967年ＮＨＫ入社
2007年退職

趣味は音楽、特にギターを弾くこと

女王　イノエ

2021年12月15日　初版第１刷発行

著　者　齋藤 秀樹
発行者　瓜谷 綱延
発行所　株式会社文芸社
〒160-0022　東京都新宿区新宿１−10−１
電話　03-5369-3060（代表）
03-5369-2299（販売）

印刷所　株式会社フクイン

ISBN978-4-286-23108-2